RiNOCERONTES ALADOS

Caio Riter

Ilustrações:
Marco Cena

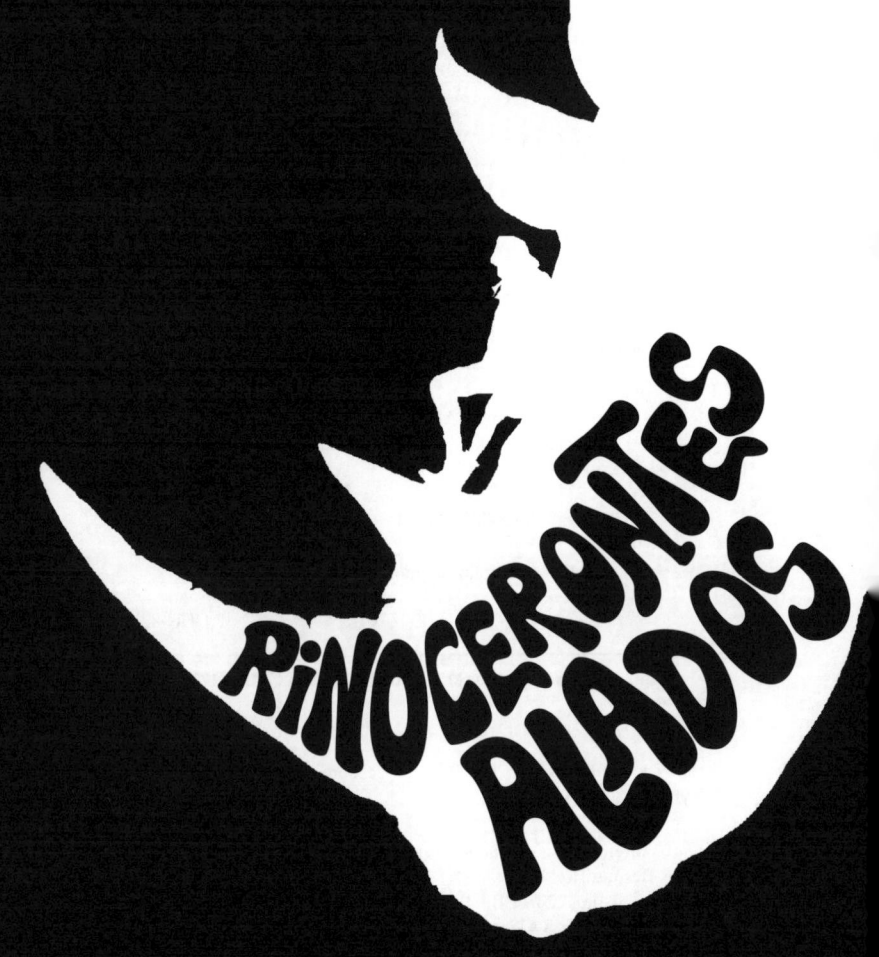

RiNOCERONTES ALADOS

EDIÇÕES
BesouroBox

1ª edição / Porto Alegre-RS / 2022

Ilustrações: Marco Cena
Projeto gráfico: Marco Cena
Revisão: Elaine Maritza da Silveira
Produção editorial: Maitê Cena
Produção gráfica: André Luis Alt

Dados Internacionais de Catalogação na Publicação (CIP)

R611r   Riter, Caio
          Rinocerontes Alados. / Caio Riter. – Porto Alegre:
       BesouroBox, 2022.
          124 p.: il.; 14 x 21 cm

       ISBN: 978-65-88737-87-3

               1.   Literatura infantojuvenil. I. Título.

                                                   CDU 82-93

          Bibliotecária responsável Kátia Rosi Possobon CRB10/1782

Rua Brito Peixoto, 224 - CEP: 91030-400
Passo D'Areia - Porto Alegre - RS
Fone: (51) 3337.5620
www.besourobox.com.br

Impresso no Brasil
Setembro de 2022

Afio as garras,
reforço a carapaça,
me lanço no abismo,
tenho dezesseis.

Sou rinoceronte alado:
um pouco de monstro,
outro tanto de anjo.

Risco de queda, asas e céu.

SUMÁRIO

JONAS NO ESCURO 9

ANA EM PEDAÇOS 37

VOO DE ÍCARO 53

MARTA E AS PALAVRAS 73

FORA DO TOM 101

JONAS
NO
ESCURO

Tudo é soma, tudo é sobra;
as sombras inauguram suas
formas na escuridão.
C.C.Rethir.

O ESCURO

Jonas abre os olhos e o escuro perturba sua mente. É comum o quarto, no amanhecer, ser iluminado pela luz solar que – àquela época do ano – bate diretamente na janela e perfura as venezianas. Mas, naquela manhã, tudo está diferente.

A não ser.

A não ser que ainda não seja manhã, ele despertando sabe-se lá por que antes do horário costumeiro. Tateia a mesa de cabeceira e encontra o celular. Consulta a hora: 9 e 04 da manhã do dia 13 de agosto.

– Que estranho – balbucia, os olhos tentando ver algo mais ao redor. Porém, o dia, pelo visto, não está disposto a despertar e a noite se estende sobre seu quarto, sobre sua cama, sobre ele.

Uma noite sem igual: escura-bem-escura, toda feita de breu.

– Mãe.

O grito vara o silêncio do apartamento. E só. Nada mais.

Insiste:

– Mãe?

Agora não é mais chamado, é dúvida, é interrogação daquelas sem resposta pronta. Acende a lanterna do celular, afasta os lençóis. Os pés descalços pisam em um chão úmido. Mais que úmido. Molhado, a água (pelo menos, ele julga ser água) escorre sobre seus dedos. Segue em direção à porta. Abre-a.

O corredor é apenas escuro e silêncio.

Claro que o primeiro pensamento de Jonas é o mesmo que qualquer outra pessoa, numa situação como aquela, teria: sonho. Sim, só poderia estar sonhando.

Todavia.

Todavia, a escuridão é densa; o líquido gelado em seus pés, real demais.

Abre a porta do quarto da mãe, ilumina a cama vazia, desfeita, os chinelos desparelhados navegam no centro do quarto sobre o líquido que resplandece a pouca luz da lanterna. Tudo parecendo dizer-lhe que ela saíra às pressas, que alguma coisa a afastara da cama. E fora tão inusitada que ela nem teve tempo para avisá-lo. Alguma coisa com o pai? Não, pensa Jonas. Se algo acontecesse com seu pai, ele não chamaria sua mãe. Não depois daquela separação conflituosa.

– Mãe – chama mais uma vez, embora tenha convicção de que ela não responderá. Traz em si a certeza de que está sozinho no apartamento. Talvez até sozinho no mundo. E pensar assim faz com que seu coração aperte muito. Pensa em Raquel.

Raquel.

Acessa o número da namorada. Chama uma, duas, tantas vezes. Até que ela atende. A voz é frágil, trêmula.

– Jonas, estou com medo.

– Medo de quê?

– O escuro.

– O escuro – ele repete.

E ela, com uma voz fraca, baixa, que parece temer ser ouvida, pede:

– Volta, Jonas. Volta.

Aí, aí o sinal do celular cai, aí o estrondo lá fora faz o prédio tremer. Um estrondo que, sem saber o porquê, atiça lembranças na memória de Jonas: ele caminhando na rua. O estrondo. De onde vinha?

Volta, pediu Raquel. *Volta.*

Mas.

Jonas tenta ligar novamente. Nada de sinal. Nada. Vai até a sala, os móveis são apenas sombras, monstros adormecidos, prontos para o ataque, caso despertados. Afasta a cortina, abre a janela, sai para a sacada: o céu é um nada de estrelas, não lua. O fora também engolido pelo escuro.

Então.

Então o peito aperta mais diante do tamanho do silêncio e da escuridão que o cerca, que cerca seu prédio, sua rua, sua cidade.

– Em que mundo mergulhei? – pergunta-se.

UM DIA ANTES DO ESCURO

Os lábios de Jonas se afastam dos de Raquel vagarosamente. Ele acarinha o rosto da namorada. Sorriem.

– Um ano – ela diz.

– Um ano e algumas horas – ele fala.

– Um ano e algumas horas e uns tantos minutos – diz Raquel.

– E vários segundos – completa Jonas.

Os dois riem de novo.

– E sempre – ela diz.

– Sempre – ele repete.

Riem, então, o riso solto da juventude, o riso leve de quem sabe amar, e prometem se encontrar no Parque da Redenção na tarde seguinte; o Tom e a Alice também. Será sábado de descanso depois de uma semana repleta de provas. Mais um beijo rápido, um tiau, e as mãos se separam para que Jonas possa ir, para que Raquel possa entrar.

– Te cuida – ela fala da porta do prédio.

Foi assim: ele caminhando pela calçada, todo feliz -bem-feliz, pensamento apenas na Raquel; ela subindo no elevador, toda sonhadora, pensamento somente no Jonas.

E lá no céu, uma estrela cadente cruzou por sobre a cidade. Pelo menos, parecia ser uma estrela, talvez sim, talvez não. O fato é que Jonas, naquele momento, só tem o pensamento em Raquel, na boca de Raquel, no beijo de Raquel. Amar é mesmo bom. Sorri, segue meio leve pela calçada, e digita uma mensagem no Whats: *Bom, muito bom, sempre bom, estar contigo.* E, antes de atravessar a rua, dá o toque de envio.

É então que ouve o estrondo. Ruído alto como se alguma coisa metálica tivesse encontrado algo em seu caminho. Ruído forte de afastar pássaros das árvores, de fazer tremer o chão. E o susto faz Jonas deixar o celular cair; e o susto faz com que o garoto desvie os olhos à procura do causador daquele barulho despropositado. Nada vê. Nada de diferente ou de inusitado. A vida parece seguir seu curso natural.

E, ao se abaixar para pegar seu celular, vê a pedra negra, na ponta de um cordão de metal, caída na calçada. Junta-a. É preta-bem-preta e quente, um calor estranho em pedra nascida fria. Pensa ser bom presente para a Raquel. Guarda o achado no bolso, segue adiante.

A noite cai de repente. Escura, como noite de inverno. Um frio gelado sopra em seu rosto. Apressa o passo.

Em casa, toma banho, atira-se na cama, o cordão com a pedra escura entre os dedos. Será um amuleto ou apenas uma bijuteria sem valor? Num salto, ergue-se da cama, caminha até o espelho, coloca o cordão no pescoço, a pedra quente encostando em seu peito nu. E toma um susto: lá no fundo do espelho, uma porta e o seu rosto todo fogo na lâmina do espelho.

Dá um passo para trás.

Dois.

Três.

E tudo no espelho volta a ser o que era: ele, seu quarto, o cordão no peito.

Guarda o cordão na gaveta. Apaga a luz. Sente-se cansado, muito cansado e aquela dor que se espalha pelo corpo, como se os exercícios da academia tivessem sido demasiados.

Naquele estado de torpor que antecede o sono, acha que percebe a mãe abrindo a porta devagar, espiando-o lá dentro. A mãe sempre faz isso ao chegar do trabalho. Naquela noite que veio antes do escuro, não é diferente.

Não é.

Jonas adormece.

O ESCURO

Na sacada, vem à mente de Jonas o cordão, a pedra preta, o fundo escuro no espelho. Parece a mesma escuridão que agora o envolve.

Retorna ao quarto. Tenta nova ligação para Raquel. Mas o celular é só silêncio. Abre a gaveta onde guardou o cordão. Coloca-o no pescoço sem saber direito o porquê.

– Volta – havia pedido Raquel. Mas voltar de onde, se ele não havia ido a lugar algum? O escuro.

Apenas ele.

Um outro universo, talvez.

Um novo mundo que se faz.

Terá o outro acabado? Uma bomba (ah, o estrondo), alguém apertando um botão que jamais poderia ser apertado. E aí o mundo acaba. E Jonas, apenas ele, o único sobrevivente.

Será?

Duvida.

E, com o cordão no pescoço, vê. Vê o que jamais esperara ver. A porta. A mesma porta que enxergara dentro do espelho está ali, bem no meio do seu quarto, próxima à cama.

Uma porta no meio de seu quarto.

Uma porta que se abre e que convida Jonas para a entrada. Ele não sabe se deve aceitar o convite, todavia percebe que mergulhar naquele mundo que desconhece, que desentende, é a chave para descobrir o motivo de tanta escuridão.

Entra.

E o que vê, no iluminado da lanterna do celular, não é o que espera.

Não é.

Um corredor escuro, no chão, algumas pequenas luzes indicam caminho. Jonas segue.

Então, adiante, percebe o vulto de alguém. Alguém que se aproxima, que vem ao seu encontro. Sorri. É ela.

Raquel.

– Raquel – ele diz. Todavia, seus pés não atendem ao convite de correr ao encontro da amada.

Não.

O rosto de namorada, branco-todo-branco, o olha. E, embora seja ela, Jonas sabe que a jovem que o fita do outro lado não tem nos olhos o amor da sua Raquel. É ela, todavia outra, não a sua. A sua não.

– Jonas – ela fala. E uma luz estranha sai de sua boca e atravessa a distância que os separa e faz com que a pedra preta no peito do rapaz brilhe. Calor.

O calor – aquele mesmo do dia anterior – aquece seu peito novamente, enquanto uma luz alaranjada circunda Raquel, ou aquela que se finge Raquel.

– Cadê minha mãe? – ele pergunta.

Tira tranquilidade não sabe de onde. Porém, entende ser preciso. Sabe que, quando coisas incompreensíveis ocorrem (o pai da gente se separar da mãe da gente e ir morar no exterior, numa cidade no fim do mundo, por exemplo), não adianta chorar, gritar, dar socos na parede. Nada muda o real. Nada. E, por já ter construído tal compreensão, é que Jonas faz aquela pergunta, sua maior inquietação no momento. Repete:

– Onde está minha mãe?

A Raquel do escuro sorri:

– Tão longe. E perto – e seus olhos desviam-se do rosto de Jonas e fixam-se na pedra em seu peito: – Vim buscá-la.

– É minha agora – diz ele, nem bem sabendo o porquê de ter dito aquilo, daquele jeito.

– Não pode ser – fala a voz da Raquel, a outra. Voz meio irritada.

– Por que não?

– Ah, Jonas, há respostas difíceis de serem dadas. Melhor seria que a pedra voltasse às mãos de quem a tem de possuir. Você é jovem.

– Você também é.

A Raquel que não é Raquel sorri um riso meio torto como a dizer que Jonas nada sabe. E, de fato, ele pouco conhece daquele mundo que o cerca, sem que ele saiba as razões. E, pelo visto, elas estão naquele cordão que ele colocou no pescoço.

A criatura do corredor, a estranha Raquel, estende a mão de dedos longos-bem-longos. Ossudos. Dedos que mais parecem traços de um personagem de mangá, daquelas histórias que Jonas gosta tanto de ler.

Ele recua. Tudo tão singular que já não sabe o que fazer. Mas, sei lá, se ela quer a pedra, ele não a dará, enquanto alguma resposta a garota de dedos de mangá não lhe fornecer.

– Minha mãe? Isso tudo? Esse escuro?

A Raquel-outra-Raquel apenas o fita.

– Me diz algo – Jonas insiste: – Me dá alguma luz.

– Não posso.

– Por favor – Jonas insiste.

– Se você não me entrega o cordão, a pedra, eu vou embora. Não quero. Mas tenho.

E a Raquel-não-Raquel some aos poucos. E a escuridão toma conta novamente de tudo.

– Volta – grita Jonas. E no momento em que faz pedido, lembra-se da sua Raquel. Ela lhe pediu o mesmo.

No entanto.

Jonas segue em frente, voltar impossibilitará respostas.

ALGUMAS HORAS ANTES DE JONAS ENCONTRAR A PEDRA

Ela caminha apressada. Um capuz escuro cobre os cabelos claros-bem-claros. Sabe que eles a seguem, sabe também que a salvação do mundo que um dia foi seu só depende dela. E da pedra. Aperta-a no bolso, sente o calor da pedra. Precisa dela para impedir a escuridão. Olha para trás.

A rua, há pouco tão cheia de carros e de gentes e de motos e de tudo o mais que torna uma rua tão cheia, agora está repleta de silêncio e de ausências. Ela corre. Mas não há mais tempo, o vento forte a joga no chão, o corpo rodopia na calçada, alça voo e bate na copa das árvores. Ela grita, pede que parem, teme o fim.

– Não há volta – ela escuta.

Então, seu corpo desaparece. No chão da calçada, a pedra preta presa no cordão de metal aguarda.

Não foi ela quem a encontrou. Não foi.

O ESCURO

Jonas acessa o número de Raquel. O celular segue mudo. Seus passos o conduzem ao fundo do fundo daquele corredor que vai se estreitando, se estreitando; as paredes, no entanto, não são ásperas, pesadas, frias, como deveria se esperar; são macias, como se feitas de matéria viva, como útero de mãe.

Aí, outra porta. De vidro, parece. Um vidro transparente, avermelhado. Abre-a e sai dentro do seu próprio quarto. Está no lugar de onde saiu. Caminha até a sala, passa diante do espelho, que reproduz seu corpo inteiro. Ele também pode ser outro. Um outro Jonas. Um Jonas capaz de entender o que está acontecendo.

Segue.

Abre a porta da rua, desce pelo elevador. Na portaria, seu Manuel não está atrás do balcão. Das paredes, escorrem pequenos filetes de água. O chão é coberto por fina camada líquida.

Sai para a rua. A mesma rua onde muito brincou quando criança. A mesma não. Um espelhamento dela, ele sabe, ele intui. Tudo tingido de um cinza que nubla a visão.

O mundo é outro: o mundo do escuro. E ele, sem saber o motivo, se viu dentro da confusa escuridão.

– Volta, Jonas. Volta.

Sobe no skate (o skate estava ali, como a esperá-lo) e ruma para o local onde encontrara a pedra. Há, percebe, um ar de ausência nos olhos das pessoas pelas quais cruza; os vizinhos, o seu Adão da floricultura, o policial na frente do banco.

Dobra a esquina, passa diante da casa do Ícaro, mas não para.

Aí um vento frio sopra, vem por trás, desequilibra-o do skate.

A cidade convida para mais inverno.

DOIS DIAS ANTES DO ESCURO

Pai:
– Oi, filho, tudo bem contigo?
Jonas:
– Oi, pai.
Pai:
– Tive um sonho estranho. Por isso, estou te ligando.
Jonas:
– Sonho?
Pai:
– Aham. Tu estava andando por uma cidade gelada. Acho que nevava, não lembro bem.
Jonas:

– Então eu não tava no Brasil. (risos) Aí onde tu tá neva?

Pai:

– Aham. E no sonho, aí, ficava tudo escuro, muito escuro. Tu segurava a minha mão. Mas eu te perdia no escuro.

Jonas:

– A gente se perdeu, pai. Tu foi embora.

Pai:

– Ah, filho. Eu te amo.

Jonas:

– Então, volta, pai. Volta.

O ESCURO

A pedra assegura-lhe um pouco do calor ausente nas mãos frias. Jonas quer ser entendimento. Apenas isso. Aquele escuro denso que o cerca – e que não é sonho, ele sabe – oprime, sufoca. Os pés, as pisadas, tentam ser firmes, embora ele desconheça destinos. Apenas vaga pelas ruas úmidas em busca do local em que encontrou a pedra. As rodas do skate chapinham na camada líquida – a mesma, ele acredita, que estava em seu quarto, em seu apartamento, no corredor escuro que o conduziu a este outro mundo, tão seu, tão não seu –, certo de que mais é conduzido do que escolhe as ruas, o caminho; convicto de que as rodas do skate ganham vida própria. Para, pensa na mãe, desaparecida do quarto sem qualquer aviso; pensa no pai e em seu estranho telefonema; pensa em Raquel, cujo celular não atende chamadas, e no Ícaro, e no Tom, na Marta. Onde estarão todos? Consulta o relógio do celular: 9 horas e 04 minutos.

O relógio parado, quebrado, ou será que foi o tempo?

Diante da escola, vê um cachorro vadio fuçando em sacos de lixo e o rato que sai do bueiro e atravessa a rua calmamente, como se nada de receio tivesse do cão faminto ou da aproximação de Jonas.

– Um rato – ele diz, sem saber muito bem por que diz. – Um cachorro.

Porém.

Porém, o rato segue. É bicho de desentender palavras ou presenças, criatura dos escuros, como a falsa Raquel, pensa Jonas. Aquela que queria a pedra. Uma luminosidade ágil cruza o céu. Estrela cadente, talvez. E o pensamento volta para Raquel. Este, com certeza, o destino.

Raquel.

O local em que encontrou a pedra.

Avança.

As janelas fechadas do apartamento da namorada, com exceção da do quarto de Raquel, ameaçam interdição. Ele tenta o celular, segue mudo. Aproxima-se, grita *Raquel, Raquel, Raquel*. Abre o portão, pressiona o número do apartamento da namorada no porteiro eletrônico. *Raquel, Raquel*. Sua voz ecoa na rua deserta, e o resto é só silêncio.

Até.

Até que a voz atrás dele o faz virar-se.

– Não adianta chamar.

Os olhos do velho têm um tanto de escuro, outro tanto de vida.

– Ela não tá? – pergunta Jonas.

– Ela não pode te ouvir. O escuro – responde o homem.

– Ela pediu que eu voltasse – insiste Jonas.

O velho nada diz, afasta-se.

Jonas corre atrás dele, skate esquecido na calçada, segura-o pelo braço.

– Espera.

O velho para. Olha-o lá dentro dos olhos.

– O que aconteceu com a Raquel? Com todos?

– Nada. Não ocorreu nada.

– E este escuro? – insiste Jonas.

O velho olha em torno como se quisesse perceber a dimensão da escuridão que os cerca, que avança pelas ruas, que cobre as casas, os edifícios, que cobre Jonas.

– É nosso. É grande, tão grande como isto que você traz no peito.

Jonas põe a mão sobre a pedra preta. O velho prossegue:

– Onde a encontrou?

– Na calçada, ontem.

– Após o estrondo?

Jonas fixa os olhos no rosto do homem, tenta entender o incompreensível.

– Aham.

– E a colocou no pescoço, estou vendo.

O velho sorri. Riso não alegre, leve contração dos lábios secos. Anuncia:

– É ela que te conduz. – E, diante do movimento de Jonas para retirar o cordão do pescoço, pede: – Não, não o tire. Não ainda. Não agora.

A mão de Jonas paralisa movimento. O velho sorri mais uma vez. Tudo tão estranho, pensa o garóto. Maior estranheza, todavia, é confiar nas palavras daquele desconhecido.

– Outros mundos sempre há, Jonas. E mundos por fazer. O futuro, por exemplo. – E, após breve pausa, olhos nos olhos de Jonas, como se lesse o que lhe vai por dentro, o velho diz: – Você ainda tem sonhos, Jonas? Ter uma banda, amar para sempre a Raquel, ser advogado. E que seu pai volte.

O que sabe aquele homem do que lhe vai pelo coração?, indaga-se Jonas. E o velho se afasta. Dá as costas ao jovem, vai pela calçada, o cão vadio (e só agora Jonas se dá conta de que o animal esteve ali, o tempo todo com eles) a segui-lo. E Jonas não grita que o velho o espere, sabe que não deve ir com ele.

Todavia.

Todavia, não sabe de onde vem tal sabedoria.

É um outro mundo, aquele em que se encontra. Mundo em que os contatos são poucos, são interditos. Quer retornar e sabe, agora, que o passaporte é aquilo que traz pendurado no peito. A pedra. A pedra preta.

– Volta, Jonas. Volta.

E vem-lhe à mente o quanto estava feliz ao encontrá-la. Havia, há pouco, se despedido de Raquel, trazia nos lábios o gosto do beijo da namorada. Ela era linda.

– Era? – Jonas pergunta para si mesmo. Volta-se para a janela do quarto de Raquel e pensa ver alguém que o observa por detrás da cortina.

O velho segue, vai longe já. Há algo nele – percebe Jonas – que lhe parece familiar: os olhos escuros, talvez; ou aquele modo de caminhar que lhe parece lembrar alguém. Seu pai? É provável. Ou será o cão vadio? Jonas sempre quis ter um cachorro, mas a mãe jamais foi permissão. Um dia, quando for adulto, homem já vivido, terá um cão. Disso Jonas sabe. E, se velho, gostará, assim como aquele homem que some na dobra da esquina, de ter um cachorro fiel, que o siga, não importa para onde vá.

Volta o olhar para o prédio. Raquel, Raquel, Raquel. Saudade da vida que até a véspera ele tinha. Agora, apenas o escuro e suas tonalidades acinzentadas, o silêncio das pessoas queridas, o vazio.

Segue.

As ruas e suas poucas gentes não se importam com ele.

Segue.

Já não sabe para onde e, por vezes, o desejo de retornar para o apartamento se faz maior.

Segue, embora entenda que deveria procurar o local onde foi encontro da pedra.

E avança com vagar, que ficar parado não consegue: nada de sol, nada de azul do céu, somente a penumbra esfumaçada-meio-esfumaçada que vai – de pouco em pouco – cedendo à luz do dia.

Segue.

A casa branca, no bairro afastado, está lá, à espera. Jonas atravessa a rua de paralelepípedos. Para diante dela. E não precisa dizer nada. Não precisa chamar, bater palmas. A porta se abre e o menino sai. Primeiramente, olha para Jonas meio desconfiado. Parado na área da frente, carrinho de madeira na mão, olha-o. Parece avaliá-lo. Ou a ele ou à situação: um jovem parado na frente da sua casa, sem palavra ou gesto.

E se decide.

Desce o pequeno lance de escadas. Aproxima-se. Os olhos escuros brilham mais que os do velho.

– Você é o Jonas? – pergunta.

– Aham.

– E voltou por quê?

– Voltei? – interroga Jonas. – Como assim?

– Acho que voltou – diz o menino, saindo para a calçada. Abaixa-se, larga o carrinho no chão, puxa-o pelo barbante. – Vem, vamos brincar.

Jonas o segue.

– Tu não trouxe o teu carrinho? – pergunta o pequeno. Jonas sorri, o guri deve tê-lo confundido com alguém. Com um outro Jonas. Resolve entrar no jogo de erros. Ele, também, sendo um outro. Não ele mesmo.

– Esqueci.

– Eu deixo tu puxar o meu um pouco. Mas só um pouco – e entrega o barbante para Jonas.

– Tá – diz ele, já sem saber (não que antes soubesse) o que fazer.

– Vem – convida o pequeno. E os dois saem pela calçada em direção a um terreno baldio. – Vou te mostrar um segredo – continua o pequeno. – Eu tenho um segredo. Tu tem segredos?

– Não, não tenho. Acho que não tenho.

– Tem ou não tem? Eu tenho – diz o menino, enveredando pelo terreno baldio, sem aguardar retorno de resposta. E, quando o guri se abaixa e pega um filhote de cão no colo, Jonas sorri.

– Que bonitinho. É seu?

– Meu segredo. Minha mãe não deixa eu ter um. Mas eu tenho.

– E ele tem nome?

– Tem.

– E qual é?

– Segredo – revela o menino. – Segredo meu e dele. Só de nós dois.

A infância tem disso, pensa Jonas. Um tanto de magia, outro tanto de faz de conta. Ele mesmo era assim, lembra. Ou finge que lembra. Histórias sempre narradas pela mãe nos encontros familiares ou quando amigos iam à sua casa. A mãe a trazer um recorte do passado e ele ia descobrindo-se guri de calças curtas, como este menino que brinca com seu cão-segredo, ia conhecendo a infância que a própria memória não registrou.

– Agora tenho que ir. Tá tarde. Tiau, Jonas – diz e sai correndo.

– Teu carrinho – grita Jonas.

– Fica pra ti – responde o menino e gargalha.

E nada é o mesmo. A rua, a casa branca, o carrinho de madeira, o cachorro, tudo vai sendo tomado pela bruma que se joga, mais uma vez, sobre Jonas. Nada é o mesmo, diz de si para si. E essa sensação de se deslocar do real o angustia demais. Quer voltar, porém já não sabe como.

Esquerda ou direita?

Norte ou sul?

Haverá, afinal, lugar para retornar ou tudo é mesmo, e apenas, escuridão?

– Volta, Jonas. Volta.

NA NOITE ANTERIOR AO ESCURO

Jonas acorda. Não consulta o relógio do celular na mesa de cabeceira. Sente um leve formigar nas pernas, nos braços. E a dor no peito.

Tenta adormecer. Faz o sinal da cruz, reza aquela oração que a avó lhe ensinou, esquece algumas partes, inventa outras. Imagens se confundem em sua cabeça.

Fecha os olhos. Mergulha numa segunda escuridão: a dos olhos mergulhados no dentro.

O ESCURO

E está ali.

Não sabe bem como.

Está na calçada, naquela calçada em que achou a pedra. Do outro lado da rua, sua mãe lhe faz sinal que espere.

– Mãe – ele diz, sorri, acena. Ela, no entanto, traz o rosto fechado, sério, talvez triste. A imagem meio rarefeita, como se névoa tênue os separasse. Chove. Uma chuva fininha, mas que molha seus pés, que cobre seus pés de água.

Os tênis molhados.

Os pés molhados.

Ele todo molhado.

E Jonas, sem saber direito o porquê, retira o cordão do pescoço. Deixa que ele caia na calçada, pedra contra pedra.

O estrondo.

Então, a verdade se faz, o mundo dentro do mundo se revela outro. Um outro que se desdobra, que coabita com este que agora joga o corpo de Jonas naquela cama, naquele quarto branco-todo-branco, fios ligados ao seu corpo.

O estrondo.

O CLARO

Jonas não tem voz de falar. Está sozinho no quarto e lembra: feliz seguia, pés atravessando a rua, enquanto a mão digitava a mensagem para Raquel. Aí o estrondo, o ranger de metais, e seu corpo sendo arremessado adiante, cabeça de encontro ao asfalto.

Nada mais.

Agora entende.

Aí, a porta se abre. E ela entra, a Raquel-não-Raquel, aquela outra, e sua voz vai entrando no dentro da cabeça de Jonas. Fala que o mundo escuro, de onde ele acabou de chegar, ainda o chama. *Seus pés ainda o pisam, talvez o pisem para sempre, não sei. O fato é que, ao pegar a pedra, você teve mais uma chance. A chance que me foi tirada. Você viu sua possibilidade de futuro.* Jonas lembra, então, do velho com o cachorro. Bem que julgou que o conhecia. O velho e suas palavras pouco compreensíveis; o velho e seu jeito de andar que lembrava o pai. Não era o pai, agora Jonas sabe. Era ele mesmo. Ele num futuro que talvez não chegue. Talvez. A cama branca, naquele quarto branco, o abraça, o prende.

A voz segue: *Viu, também, o passado, o menino aquele, cheio de segredos, era ninguém mais do que quem você foi um dia.* Jonas pensa que ela não precisava ter-lhe dito aquilo, já havia percebido. Ele guri, ele e o segredo jamais revelado para a mãe, para o pai ou para quem quer que fosse: o cão que cuidou durante mais de mês naquele terreno baldio. Dera o nome de Frodo a ele. Ia todos os dias levar-lhe comida, água. Eram parceiros de brincadeira.

Até que.

Até que um dia chegou lá e o Frodo não estava mais. Alguém o levara embora ou ele fora sozinho. Jonas jamais soube. Soube apenas da dor tremenda de se sentir abandonado.

Terei uma chance? Ele pergunta sem mover os lábios. *Estão todos aqui no quarto: sua mãe, Raquel, o Ícaro e o Juan. Seu pai deverá chegar amanhã. Quando soube do atropelamento, pegou o primeiro avião que pôde, e vem pensando no sonho que teve contigo, no escuro em que te viu,* ela segue dizendo. *Agora, resta a você a decisão.*

Eu quero, diz ele sem que seus lábios se movam. Os olhos procuram pelo quarto branco-bem-branco os rostos daqueles que aprendeu a amar.

Quer o quê? – pergunta ela. E logo completa: *Quer o que eu não pude querer. Fiquei neste mundo por decisão minha, apenas minha. Eu mesma quis vir. E, quando desisti, já era tarde. Ia pegar a pedra, queria. Mas minha passagem já tinha sido confirmada.*

– Eu quero voltar.

E a voz que rasga sua garganta faz com que o branco possa dar lugar às formas daqueles que velavam seu sono. Raquel sorri. Os amigos também. A mãe corre, abraça-o com cuidado.

– Ah, Jonas, que bom que você voltou.

E seu corpo, só seu agora; o corpo ainda dói.

ANA EM PEDAÇOS

PRIMEIRO PEDAÇO

Ana agarrou-se à mão da mãe, mas a mulher a empurrou ao encontro da velha, rosto enrugado e triste, que estava parada na porta do casebre. *Vai com a tua vó*, ela disse e empurrou mais uma vez a menina, um nada de movimento, apenas olhos na velha, que seguia parada na porta. As duas paralisadas: uma sendo instada a avançar; a outra no aguardo de algo que parecia não querer. Ana era muito pequena para saber de forma sabida o que se passava, porém, lá dentro, bem dentro do dentro, intuía o abandono, a não acolhida.

Por isso.

Por isso, voltou-se, rápida, mãos estrangulando as pernas da mãe, e o pedido: *Não quero não.*

A mãe:

– Deixa de manha.

Ana:

– Não quero.

A mãe:

– Já te expliquei. Ela é tua avó.

Não teve troca de olhares, apenas a mão da mãe apertou o braço da menina e a afastou de si. Depois, resoluta, avançou até a porta do casebre e entregou a menina à avó, que nada disse. Apenas segurou, firme, a mão da neta e a mochila com suas poucas roupas.

– Vá e nunca volte – foi o que Ana ouviu a avó ordenar à sua mãe.

E ela foi.

Sem olhar para trás.

Ana tinha quatro anos.

SEGUNDO PEDAÇO

Da janela do casebre, avistou a avó subindo a ladeira. Puxava o carrinho repleto de papelões, de jornais, de garrafas. Correu ao encontro dela, foi logo abrindo o portão. A mulher passou, nada disseram uma à outra.

Como sempre.

A velha saía cedo, noite ainda. Não acordava a neta, mas deixava o chocolate com leite e o pão com margarina ajeitados na ponta da pequena mesa. Ana acordava pelas sete, ajeitava o sofá onde dormia, comia o pão, bebia o chocolate. Mochila nas costas, ia para a escola, que faltar à aula, seja lá por qual motivo, era coisa impensada para a avó silenciosa.

Agora, a mulher ia para os fundos do pátio. Era o momento da separação dos lixos reciclados que ela coletava durante o dia. Ana se aproximou. Sem palavras, que, afinal, elas eram bem poucas entre as duas, passou a ajudar a avó na tarefa. Separou papéis vários, latinhas, garrafas pet. Com o canto dos olhos, observava a velha em sua mudez, rosto cada vez mais riscado de rugas, costas cada vez mais curvadas.

A menina não queria aquilo para si.

A avó, embora não dissesse, também não.

Ana tinha oito anos.

TERCEIRO PEDAÇO

Notícia ruim vem rápida, costuma dizer o ditado popular. Mas aquela chegou tarde, bem tarde, já noite fechada, sem estrelas e uma lua minguando no céu. Ana na janela no aguardo da avó, que não vinha, não vinha, não vinha.

Foi aí que o Chico Garganta se aproximou, ele e o cachorro dele, todo grande e amarelo, cachorro que Ana achava lindo e que sonhava um dia ter um igual. Porém, a avó era mulher de nada de bichos. Nem cão, nem gato, nem coelho, nem nada.

O Chico Garganta acenou do portão. Ana falou um boa-noite um tanto alegre e foi dizendo que a avó não estava em casa, tinha saído para o trabalho e era demora. Demora daquelas demoradas.

– Pois então, menina – foi dizendo o homem. – Pois então.

E o que se seguiu foi uma história de caminhão, e grito alto, e polícia envolvida, o corpo da avó levado para o pronto-socorro e já sem vida. Ana não lembra se chorou, não lembra se gritou, se perguntou ao Chico *O que eu faço agora o que faço agora eu faço o quê?*

Ana tinha onze anos recém-feitos.

TERCEIRO PEDAÇO E MEIO

– Eu tenho uma mãe.

– A gente não achou a tua mãe.

– Vocês procuraram bem? Eu até mostrei a foto lá na casa da vó.

– A gente procurou. Nem sinal dela.

– Mas eu tenho uma mãe. Tenho.

QUARTO PEDAÇO

Era uma casa grande o lugar para onde o homem do conselho tutelar levou Ana, talvez tão grande como aqueles castelos que ela via nos livros da escola ou nos filmes de princesa. Era branca, toda branca. Tinha uma sala para ver tevê, uma mesa enorme para as refeições, tinha um pátio também, onde ela gostava de ficar, bem embaixo da bergamoteira. Isso, quando a Berenice não resolvia vir puxar o seu cabelo e dizer coisas feias. A Berenice era assim, gostava de ser assim, tinha prazer que as outras meninas tivessem medo dela. Sobretudo a Ana, principalmente a Ana.

Foi assim naquela tarde de organização para o teatro da Cinderela. A dona Zaira disse que a Ana seria a princesa, e foi logo escolhendo o Cristiano para ser o príncipe.

– Nunca vi princesa da tua cor. Ainda mais com esse cabelo feio – foi o que a Berenice disse sussurrado no ouvido da Ana, lá no banco da bergamoteira. – Princesa de verdade tem cabelo liso. E pele de anjo.

E mesmo que a dona Zaira, que adorava contar histórias de fazer teatro, insistisse, Ana não quis ser a princesa.

– Prefiro ficar só olhando.

Ana tinha doze anos.

QUINTO PEDAÇO

Nas tardes de sábado era sempre igual: todos se perfilavam no pátio, observando os casais (vez ou outra vinha alguém sozinho) que entravam pelo grande portão. Sorriam em seus rostos que se faziam bondosos, embora muita história corria (daqueles que iam, mas acabavam voltando) de coisas não bacanas vividas com aquela gente que queria filhos e não podia.

Eram dez, além da Ana e da Berenice. Na semana passada, treze. Mas aí aquela senhora já de cabelos meio brancos que tinha se encantado com a Mica teve autorização para levá-la de vez. Agora, eram doze a esperar a mesma sorte.

– Ou azar – dizia a Berenice, mãos nas costas, sorriso de quem sabe pôr máscara no rosto.

E do meio do grupo, o homem de olhos claros veio vindo. Atrás dele, a mulher, alta bem alta, cabelo em rabo de cavalo.

– Teu nome? – ele perguntou.

– Ana – ela disse.

– E quantos anos você tem, Ana?

– Quatorze.

A mulher balançou a cabeça levemente. Balbuciou: *Grandinha.*

44

SEXTO PEDAÇO

Ana sabia que a diretora do abrigo não gostava dela. Sabia também que não era uma implicância especial, não era especificamente dela que a mulher de cabelos pretos, bem tingidos de pretos, e franja, não gostava. Ela não gostava de nenhum deles. Bastava algum descuido, algum pequeno contratempo para que os perdigotos voassem ao encontro de seus rostos, e ela gritasse, gritasse muito, berrasse aquelas coisas que Ana não gostava de ouvir.

Porém.

Porém ouvia. Que mais podia se outra possibilidade de vida só seria possível se. Sempre o se. Por isso, ia às aulas; por isso, fazia temas e atividades; por isso, evitava erguer os olhos ou responder de forma mais ríspida a qualquer ordem recebida da diretora ou de quem quer que fosse; por isso, aguentava as ofensas ciciadas da Berenice; por isso.

E a diretora reuniu todos no refeitório. Não precisava dizer que estava furiosa, era claro em seus olhos avermelhados, em sua expressão sisuda, em seu ar inquisitório.

– Quem foi?

A pergunta quebrou o silêncio. Mas houve um nada de resposta. E se o nada se fez foi por ninguém saber o que ela, afinal, desejava. E ela repetiu: mais alto, mais forte, mais raivoso.

– Quem foi?

E desta vez não esperou resposta, foi logo dizendo que havia um ladrão entre eles, que o anel da professora Marlene, esquecido no banheiro, havia sumido. *E em banheiro de mulher, quem entra é mulher,* frisou bem, os olhos pairando sobre todas as meninas. *Ou quem sabe terá sido um homem?* Agora os olhos fixavam nos três garotos: o Cristiano, o Tóti e o Lucca. Todos de cabeças baixas, não como confissão de culpa, como ela intuiu, percebeu Ana, mas como defesa. Enfrentar a diretora não era para qualquer um.

Não era.

E a mulher sabia disso. Sabia como ninguém. E se aproveitava para dizer que eles eram criaturas sem pai e nem mãe, gente abandonada que boa coisa não iria virar, uns ladrões de anel. *Não respeitam nem as professoras, vão respeitar quem?* E repetia: *Ladrão, sim. Quero saber quem foi o ladrão do anel. Quem foi? Quem foi?*

E veio a ordem de que os monitores revistassem quartos e camas, qualquer canto e todos os espaços possíveis e impossíveis para esconder-se um anel. *E ninguém sai daqui enquanto isso.*

Ninguém saiu.

Até.

Até que uma meia hora depois, a monitora magrela entrou na sala com ar de vitoriosa. Nas mãos, o anel; nos lábios o veredito: *Tava debaixo do colchão do Cristiano.*

– Não fui eu – ele foi quase grito.

Grito inútil.

Corpo arrastado do refeitório, ele foi se debatendo, gritando, jurando inocência.

Naquela noite, Ana chorou muito a falta do amigo, quase amor, daqueles amores de não dizer. Chorou porque acreditava nas palavras dele. E chorou também porque sabia que aquela era despedida de não mais.

Ana faria quinze anos na semana seguinte.

SÉTIMO PEDAÇO

Ana estava ali, sentada na cama que seria sua, os lençóis limpos, perfumados. Na janela havia cortinas, claras muito claras. Havia uma escrivaninha também. E alguns livros.

– Você disse que gostava de livros.

Os olhos de Ana percorreram a estante.

– Gosto. Gosto muito.

O homem sorriu. Disse que a deixaria sozinha para que ela pudesse se acostumar com o quarto, com as coisas que agora eram dela. Encostou a porta atrás de si. E ela sem saber se se aproximava da estante, se descobria que títulos o Artur havia escolhido para ela, se caminhava até a janela, se abria as cortinas, se espiava o fora e sua paisagem.

Ana tinha quinze anos e já havia desistido da ideia de sair do abrigo. Eles, aqueles que lá iam, preferiam os pequenos, os que talvez menos incomodação pudessem trazer àquelas vidas que queriam um filho, mas que desejavam poucos problemas.

Não quis chorar. Não quis agradecer aos céus por ter uma casa, por ter pais de novo. Agora dois. Não mais uma mãe que a deixasse nas mãos de uma avó silenciosa, que a amava, ela sabia, mas a amava de um jeito seco, contido, murmurante apenas.

Deixou que o corpo caísse para trás, tombou na cama, fechou os olhos, porém logo os abriu. Queria gravar aquilo tudo, caso.

Caso.

Talvez.

De repente.

Sempre havia tempo para o arrependimento, ela sabia; os novos pais sabiam também.

OITAVO PEDAÇO

Quando chegou do primeiro dia de aula na nova escola, foi direto para o quarto. Não queria conversa, não pretendia contar nada. Estava meio cansada de ficar falando falando falando como se sentia, como estava vendo aquela nova vida. Acreditava, por vezes, que havia certa pressão daqueles que a haviam tomado como filha: queriam resultados, será? Queriam que ela os chamasse de pais? E podia? E não vivera este tempo todo sem saber-se filha? Fora neta, talvez. E fora uma entre tantos abrigados naquela casa branca.

Agora não mais.

Todavia.

Todavia, por vezes, não se sentia parte daquilo. Ainda mais neste primeiro dia de aula, em que os colegas a olhavam meio enviesados, como se soubessem (se é que não sabiam) que ela era a tal guria adotada. E a raiva vinha. Vinha forte, vinha com garras afiadas e se instalava em sua garganta, em seu estômago, em seu coração. E doía, doía demais.

OITAVO PEDAÇO E MEIO

– Você tá bem?

– Por que vocês ficam perguntando isso a toda hora? Meio chato, não? Parece, sei lá, que tão querendo que eu não sinta nada, que eu não fique mexida com estas mudanças todas. Que eu.

– Tudo tem seu tempo, Ana. Desculpa se a gente.

NONO PEDAÇO

Ana entrou correndo no apartamento, atirou-se no sofá. Artur desviou os olhos do note, sorriu:

– Viu algum passarinho verde?

Ela abriu riso enorme.

– O Caio R me ama, pai. Me ama.

Artur sorriu. A paixão adolescente (talvez não apenas esta) era força que arrebatava, lembrava ele. E arrebatava tanto que trazia para fora palavras tantas vezes desejadas e ainda não ouvidas.

– Já amo este tal de Caio R – disse ele.

– Jura? – Ana foi pergunta.

– Aham. Fez até tu me chamar de pai.

Ana foi abraço. Sentia-se parte, agora. E, quando o Pedro chegasse, iria chamá-lo de pai também.

E isso era bom.

VOO
DE
ÍCARO

MEU PAI

Meu *user* é Ícaro. *User* igual ao meu nome de verdade. Não invento alcunhas na web, acho nada a ver ficar se escondendo atrás de apelidos. Tem gente que gosta. A maioria. Não crio vidas virtuais, nem invento nada que eu mesmo não seja, parece estranho, né? Muito estranho, quando se pensa que na rede é isso mesmo o que conta: inventar uma vida que não é a da gente. Todo mundo se escondendo de todo mundo. Eu não. Não consigo. Acabo digitando tudo o que eu sou. É assim que gosto de ser. Talvez tenha a ver com meu signo. Não sei.

Quando digo meu nome, é meu nome mesmo: Ícaro. Nome que meu pai, amante de mitologia grega, escolheu pra mim. Muitos *users* duvidam. Acham meu nome estranho, acham que é fake. Fazer o quê? Meu pai não entende nada de computador, o máximo que sabe é enviar e receber e-mails, isso porque eu ensinei a ele. O resto é enigma: Twitter, Facebook, Instagram, todas essas maravilhas da comunicação e do relacionamento. Um dia, falei pra ele criar um blog, eu disse que podia ajudá-lo. Mostrei o meu pra ele: *Voo de Ícaro*. Esse mesmo onde posto minhas impressões sobre a vida, sobre a escola, sobre o amor. Esse mesmo onde você está me lendo agora. Ele me olhou com uma cara esquisita, aquele tipo de cara que os pais da gente fazem quando não entendem nada do que a gente tá falando e não querem dar o braço a torcer. Ficou calado. Eu também. Não sou de insistir. Eu até entendo. O mundo dele é outro. Isso ele sempre diz. Acha por demais estranho a gente ficar conversando com os amigos através do note. Eu gosto. Às vezes, assim, parecendo perto, mas bem longe, a gente pode dizer coisas que cara a cara não teria coragem, jeito, vontade. Sei lá.

E pode até conhecer gente que a gente jamais conheceria se não fosse este tal mundo virtual, que a gente ama, mas que muitas outras gentes odeiam.

Só não curto aquela coisa de no Facebook ter que ficar aceitando amigos que sei quem são e que no dia a dia nem olham pra minha cara. Tem um guri lá do colégio que me add. Tá, tudo bem, aceitei. Mas aí o cara cruza por mim nos corredores e nem dá um oi. Amigo no Face, parece. Só no Face. Isso não curto não. Nisso, acho que sou mesmo parecido com o meu pai.

Nesse blog: *Voo de Ícaro*, (que você tá lendo agora, e que bom que você tá lendo, porque eu criei ele há uns três meses apenas e já estou com 613 inscritos. Tudo pessoal lá do colégio ou do meu curso de espanhol) vou postando essas minhas encucações, mostrando minha cara, dizendo o que sou, o que me incomoda, as músicas que ouço e todo o etecetera necessário para quem resolve ter um blog. Tá, sei que blog não é coisa muito popular entre pessoas com a mesma idade que eu. Sei disso. Mas gosto de fugir à regra. Ah, e o que aconteceu de mais bacana no meu blog, foi quando eu recebi o comentário de uma garota. Acho que o blog só tinha uns dois dias. Sei lá. Ela se apresentou como Nárnia. Curti o *user* dela. Achei bem legal. Ela pediu pra me seguir no Instagram; e eu, a ela. Trocamos número de Whats e hoje somos namorados.

Meu pai, só pra variar, não entende bem esse meu namoro. Fica dizendo: *Como assim, Ícaro? Como vocês podem namorar se nunca se tocaram, se nunca se beijaram, se nunca dançaram juntos, olho no olho?*

Ele não entende. Por mais que eu explique, ele não entende. Claro que, se ele já tivesse visto as fotos da Nárnia no perfil do Insta dela, ou no do *Whats*, como eu vejo todos os dias, ou se tivesse conversado com ela, como eu faço todas as noites após às 22, que é o horário que ela sempre tá online, ia entender. A Nárnia é linda. Coisa de filme 3D. Um dia eu disse isso a ela, e ela achou o máximo.

Ícaro diz:
Oi.
Nárnia diz:
Oi, bonitinho. Sudadi.
Ícaro diz:
Tamém.
Nárnia diz:
Shsishshsuhsushsushsushsas

Ícaro diz:
Liga a cam.
Nárnia diz:
Continua estragada.
Ícaro diz:
Põe nova foto entaum.
Nárnia:
Tá. Mas é q hj abri o *whats*
correndo. Vou numa janta na voh.
Bju. T amo.
Ícaro diz:
E qdu a gente se vê di novu...
Nárnia... parece estar offline. As mensagens serão entregues quando esse contato entrar.

NÁRNIA

Faz uma semana, contadinha no calendário, que não tenho notícias da Nárnia. Nosso namoro estava super e, de repente, ela some, desaparece. Entro no Whats a toda hora, e nada de ela estar online. Até cheguei a pensar que ela tá me evitando, mas, sei lá, não aconteceu nada que pudesse levar a Nárnia a fazer isso. Deixei vários recados inbox no Insta dela. Deixei até um post na timeline do tipo: *Eu tô vivo, viu?* E nada. Fico pensando que a última frase dela foi *T amo*. Ah, ela não ia digitar isso se não gostasse mais de mim, ia? O Frederico acha que sim. Ele acha que as mulheres são mesmo assim. Enchem o saco rápido da cara da gente, trocam de namorados, de ficantes, como trocam de roupa para ir às festas. Homem não, ele diz. Homem só tem um terno. No máximo troca a camisa e já se sente outro. Coisas do Frederico. Acho que a Nárnia não ia simplesmente me bloquear da vida dela. Acho que não.

Ia, Nárnia? Não, né?

Meu pai esses dias até perguntou, meio rindo: *E o namoro, Ícaro, como anda?* Eu respondi assim, como quem não tá nem aí, como quem nem se incomodou com a pergunta dele, *Na boa, pai. Na boa.* Que mais podia dizer? Se eu falasse o que realmente tava acontecendo, ele ia rir de mim e dizer que, afinal, namoro através da rede, namoro online não era namoro de verdade. Mas eu sei que o meu namoro com a Nárnia era verdadeiro, sim. Bah, escrevi "era". Quer dizer que não é mais? Ando na dúvida. Às vezes, acho que alguma coisa muito ruim aconteceu na vida dela, o que a impede de abrir o Whats ou o Face. De repente, o celular dela caiu na piscina. Ou no chão, e quebrou. Pode até ser que alguém roubou o celular e tal. Talvez o note tenha ficado infectado de vírus, talvez. Mas aí penso: ela podia ir a uma lan house. Não podia? Ah, depende. De repente os pais dela não topam que ela saia sozinha e coisa e tal. *Tá*, me diz o Frederico, *e ela não tem amigas? Toda a garota tem amigas e as amigas das garotas têm note, têm celular, não têm? E no colégio, na hora do recreio, ela pode usar algum computador do colégio, não pode?* Ah, o Frederico me enche mais de dúvidas ainda. Fica o tempo todo querendo dizer que a Nárnia enjoou de mim e me bloqueou.

Pra sempre.

Penso em postar esse comentário no meu blog. Desisto. Pessoal demais.

AMOR

Acho que agora vou mesmo é criar um diário. Até a Nárnia reaparecer não posto nada no blog. A todo momento consulto as mensagens do Insta, do Face, do Whats, eu lá, sempre disponível. A gente se falava (fala?) eu e a Nárnia, eu e o Frederico, mais pelas mensagens no Instagram, que por Whats. Aliás, meu statusin atual: *À espera de Nárnia*. Já usei uns assim: *Nárnia, cadê vc, eu só entrei aqui pra t ver*. Nada. Só silêncio. O nome dela apagadinho, mais nada. Outro que botei foi o seguinte: *Nárnia, ando com sudadi de ti*. Sudadi, ela adora escrever assim. Mas o Frederico e mais uns parceiros meus ficaram debochando da minha cara por Whats e ao vivo no colégio: *Sudadi, sudadi*, ficavam dizendo e escrevendo no quadro. Um saco.

Mas o maior saco é que eu tô apaixonado mesmo. De verdade. Fico só vendo o rosto da Nárnia, naquela foto do perfil dela, em que ela tá olhando pra câmera, sorrindo. Linda, linda. É amor, eu acho. Acho não, tenho certeza.

Só que também vem à minha mente as palavras do meu pai dizendo que amor precisa da presença da pessoa, ali, bem do lado da gente. Não sei se o meu pai tem razão. A Marta, minha colega do colégio, namorou durante dois anos um carinha de Brasília. E eles só se encontraram duas vezes. Mesmo assim, ela diz que foi o melhor namoro que ela já teve. Não sei se pra namorar precisa mesmo estar grudado na pessoa vinte e quatro horas por dia. Amor é amor, ora.

Frodo diz:
Ainda sudadi Ícaro?

———————

Você acabou de chamar a atenção.

—————————

Frodo diz:
Fala cara
Ícaro diz:
Se tu para de encher o saco eu falo
Frodo diz:
Tah
Entaum fala
Ainda tá fissurado na tal da Nárnia
Ícaro diz:
Aham
Muito
Frodo diz:
Esquece isso meo a criatura
era fake pode acreditah
Ícaro diz:
Bah Frederico naum acreditu naum.
Ela sempre foi legal comigo. A gente se gosta.
Frodo diz:
Vai t dah mal
Esquece essa daí, eh fake tah curtindu ctgo
Toindu neça

Ícaro diz:
Tô indo nessa, assim mesmo,
com SS, seu frodo enguinorânti
Frodo diz:
hehehehehehehe

NADA DELA

Faz um tempão. Pelo menos, pra mim é um tempão, uma vida. Agora já faz duas semanas que eu não falo com a Nárnia. Duas semanas de silêncio que ela não responde meus e-mails, não posta nenhuma foto no Insta, não visualiza minhas mensagens, nem abre o Whats, não me deixa nenhum comentário, não me envia nada no direct. Já começo a pensar que o Frederico e o meu pai têm mesmo razão. Fico pensando nas nossas conversas, no tanto de coisas em comum que a gente tem. A gente gosta dos mesmos livros, dos mesmos filmes, das mesmas músicas, dos mesmos seriados. Tinha vezes que a gente ficava um tempão só trocando ideias sobre algum livro que nós dois tínhamos lido. Tipo quando ficamos até às duas da madruga falando sobre *O Senhor dos Anéis*. É que o livro é bom demais, até o Frederico curtiu. E, além de falar de livros, a gente também trocou várias juras de amor. Amor eterno até, ela disse certa vez. Falou que nunca tinha encontrado na web (e nem realmente) alguém tão legal quanto eu. Bah, falou um monte de coisa bem bacana sobre mim, coisas que eu nem tinha me dado conta e ela foi descobrindo. A Nárnia.

Disse (quer dizer, nesse dia a gente não se falou pelo Skype, foi só pelo Whats mesmo, e digitando. Ela lá na foto, rindo pra mim. E agora me dou conta que ela sempre dizia que a cam estava encrencada ou que não podia ligar porque a mãe dela tava vendo novela ou por qualquer outro motivo. Nunca via a Nárnia. Só eu ligava a câmera. Ela não.) que eu sou um cara que sabe das coisas, que tenho a cabeça no lugar, que não fico dizendo abobrinhas, que sei sobre o que falar. Ah, fiquei me achando o cara, fiquei acreditando em tudo aquilo que ela dizia de mim.

E agora.

Ah, sei lá. Tô com a cabeça confusa demais. E não posso fazer nada além do que tenho feito. Mais nada. Não tenho endereço e nem sei em que escola ela estuda. Dei uma stalkeada no Face e no Insta dela para ver amigos em comum e tal. Nenhum. Espiei pra ver se via alguma foto que pudesse me dar alguma pista do colégio onde ela estuda. Nada. Parece até que é um perfil fake. Poucas postagens, poucas fotos, pouquíssimos amigos. Porém, sei que ela mora aqui, na mesma cidade que eu. Não é como o namorado da Marta que vive em Brasília e ela aqui. Não. Só que eles, pelo menos, se viram duas vezes, mas eu e a Nárnia nenhuma.

Eu:

— Pai, você acha mesmo que não dá pra namorar assim?

Meu pai:

— Olha, Ícaro, são outros tempos, eu sei. Mas, sei lá, namoro é namoro, os dois têm que sair juntos, passear, pegar na mão.

Eu:

— Então.

Meu pai:

— Como é que pode alguém amar alguém que nunca viu, nunca beijou, nunca nada.

Eu:

— Ah, pai, mas tem gente que se conhece via web e depois de um tempo se encontra e coisa e tal.

Meu pai:

— Ah, aí até pode ser. Mas namoro-namoro tem que ter mão na mão. No meu tempo, pelo menos era assim.

Eu:

— Contigo e com a mãe foi assim?

Meu pai:

— Aham.

Eu:

— E era bom?

Meu pai:

— Muito, Ícaro. Muito.

DE VERDADE

Fico pensando nas palavras do meu pai, no jeito do meu pai, no brilho que apareceu nos olhos dele na hora que ficou se lembrando do namoro com a minha mãe. Fiquei querendo ver aquele brilho nos olhos da Nárnia, fiquei querendo sentir o que o meu pai deve ter sentido quando pegou na mão da minha mãe pela primeira vez, quando a beijou, quando a ouviu dizendo que o amava. A Nárnia já disse que me ama; de vez em quando até enviamos mensagens de voz um pro outro, voz doce, linda-linda, na primeira noite em que eu a ouvi fiquei mais apaixonado ainda; acho que foi ali, naquele momento, que me apaixonei de verdade-verdadeira.

E agora tô aqui. Quem mandou se apaixonar por uma imagem e por uma voz, eu mesmo me pergunto, eu mesmo me condeno. Começo a aceitar que tudo não passou de um trote de alguém, de repente até de alguma garota lá do colégio. Vai ver a guria fica rindo da minha cara, cada vez que eu cruzo por ela no colégio. Me tirou pra palhaço, só pode. E sou palhaço mesmo. Afinal, não me apaixonei por um perfil fake?

Volverine diz:
dae romeu apaixonado ainda
curtindo dor de cotovelo??????
Ícaro diz:
dae Frederico
Volverine diz:
e a tal da nárnia
Ícaro diz:
Nada. Nem sinal.
Volverine diz:
te falei cara ela eh fake
sai deça
sabi a nina? Tá afim di ti q eu sei

Ícaro diz:
Nada a ver, cara. Ela é a fim do Jonas.
Ah, e para com essa mania de botar
Ç em tudo quanto é palavra que tem SS.
Volverine diz:
O q? Ç o q?
???????????
ah a nina era afim do Jonas mas naum
eh mais ele tá cum a raquel, a marta me disse
Ícaro diz:
Sei. E parabéns, acertou os SS.
Volverine diz:
cara i si a nina for a nárnia?
tem as mesmas letras no nome
Ícaro diz:
A Nina ser a Nárnia... não sei, cara. será?
Mas e as fotos? E a voz doce?
Volverine diz:
heheheheheh
tudo fake
Ícaro diz:
Será?

NINA-NÁRNIA

A conversa com o Frederico me deixou com a pulga atrás da orelha. Meu pai sempre diz isso quando tá incomodado com algo. Só que a minha pulga era enorme. Imagina se a Nina for a Nárnia? O que eu faço? Não foi pela Nina que eu me apaixonei. Foi pela Nárnia, pela voz doce da Nárnia, pelos cabelos pretos da Nárnia, pelos olhos e pelo sorriso da Nárnia. Não pela Nina. Pela Nina não. Sigo fazendo meu diário virtual. Nada de postar qualquer sinal de vida no blog. Se a Nárnia anda se escondendo, mas anda também me espionando, não vai saber mais nada de mim. Meu blog tá mudo, tá em greve de silêncio. Não escrevo mais nada lá. Hoje até apaguei minha frase no Whats falando dela. Escrevi assim: *Tô de bem com a vida*. Sei que é frase besta, boba, banal, mas e daí? Tá, sei que tô mentindo, sei que não sou cara de mentiras, porém essa é por uma boa causa. Fazer a Nárnia aparecer. Quer dizer. Isso se ela não for fake, isso se ela gostar de mim de verdade, como eu gosto dela. Claro, se ela não for a Nina.

Nina-Nárnia. Nárnia-Nina.

Bah, nem quero acreditar nisso.

BABACA

Embora o Frederico e a Marta fiquem enchendo o meu saco, insistindo, insistindo pra eu ficar com a Nina, não fico. Não quero ficar. Afinal, se ela for a Nárnia, eu vou tá me sentindo enganado, traído. Se não for, vou me sentir traidor. Gosto é da Nárnia, não da Nina. *Pra ficar não precisa gostar, cara*, me disse o Frederico. *Pode não precisar pra ti, meu. Pra mim, precisa. E mesmo que não precisasse, eu tô apaixonado. Entendeu?* Foi mais ou menos assim que eu respondi pro Frederico. E ele ficou me olhando com aquela cara de sabe-tudo, com cara de quem acha o seu melhor amigo um babaca. Fazer o quê?

Sou mesmo. Um babacão.

Há quanto tempo eu não falo com a Nárnia? Umas três semanas, eu acho. Às vezes, ainda espio o Insta dela, ou confiro se ela tá online no Whats. Fico olhando se tem alguma foto nova, algum novo recado. Nada.

What's

Ontem, sei lá por que, acessei o Whats da Nárnia como quem não quer nada. E ela tava lá online. A Nárnia. O coração disparou, mas eu não escrevi nada. Fiquei só esperando, esperando. Aí, de repente:

Nárnia diz:
Ainda é meu namorado?

Eu não digitei nada. Fiquei frio. Digitava e apagava, digitava e apagava, tudo pra ela achar que eu tava falando com alguém.

Nárnia diz:
Me esqueceu? Me trocou por outra?

Adoro quando ela me chama. Fiquei mais feliz ainda quando ela veio com esse papo meio de ciúmes. Bah, se o Frederico estivesse online, eu ia copiar as mensagens dela e jogar na cara dele.

Ícaro diz:

Oi!

Nárnia diz:

Como assim oi? Não tava com sudadi?

Ícaro diz:

Tu sumiu, desapareceu.

Nárnia diz:

Eu fiz uma pergunta lá em cima.

Ícaro diz:

Qual?

Nárnia diz:

Perguntei se tu ainda é meu namorado.

Ícaro diz:

Sou???

Tu é que tem que dizer... eu não sumi...

Nárnia diz:

Tava cheia de sudadi de ti.

Juro.

Pode acreditar.

Ícaro diz:

E pq sumiu, entaum?

Nárnia diz:

Problemas familiares, pai, mãe,

essas coisas. Aí pesou.

Mas não quero falar aqui.

Quero falar ao vivo.

Tá a fim de me encontrar amanhã?

Bah, quando ela disse aquilo eu paralisei. Encontrar a Nárnia. Ao vivo e a cores. Surtei. Fiquei pulando e

71

correndo pelo quarto feito um maluco. Meu pai até gritou da sala: *Que é isso, guri. Ficou louco?*

— Fiquei, pai. Louco de amor, eu berrei e me sentei diante do note e digitei aquilo que eu sempre quis digitar.

Ícaro diz:
Claro. Onde? Que hora?
Nárnia diz:
Pode ser no Marinha, às 3?

Demorei um pouquinho pra enviar a resposta. Aí digitei assim, como quem não quer nada, não tá nem aí.

Ícaro diz:
Pode ser. Combinado entaum.

ENCONTRO

Boto minha camiseta preta dos Beatles, minha bermuda cinza. Ajeito meu cabelo com gel, deixo ele bem arrepiado. Me olho no espelho e gosto do que vejo. Tirando um ponto vermelho de espinha que tá ameaçando nascer, tudo tá perfeito. Rio pra mim mesmo. Pego meu skate e saio.

Caminho apressado. Mal me aproximo da pista de skate, eu a vejo. Está de costas: os cabelos escuros, longos. Meu coração dispara. Chamo:

— Nárnia!

Ela se volta. Sorriso de sol que se abre.

MARTA
E AS
PALAVRAS

Porto Alegre, 03 de dezembro de um ano qualquer.

Prezado você, que encontrou esta carta (não bem carta) e resolveu lê-la, meu oi, tudo bem. O fato é que não te conheço, afinal, resolvi escrever nem sei pra quem. Eu tenho essa mania: quando algo acontece e não sei bem o que fazer com esse algo, acabo escrevendo. Escrevo e escondo bem escondido pra nem eu mesma encontrar. Escrevo e cavo buraco lá no sítio da vó Tonta e cavo bem fundo e jogo meus escritos lá dentro e tapo com terra e às vezes até planto alguma coisa em cima. Nem sei bem por que faço isso, só sei que faço e isso basta. Basta pra pôr todas as dores sentidas no papel e depois bem debaixo da terra feito defunto daqueles de enterrar em cemitério, fazer orações, depositar flores e nunca mais voltar. A vó Tonta até volta. Todo dia 02 de novembro ela vai ao cemitério da cidadezinha onde ela mora desde que nasceu e reza pro meu avô morto que eu só conheci de fotos. A vó Tonta é mãe do meu pai, que é com quem eu moro depois que a minha mãe resolveu viver no exterior, lá em Londres, onde eu nunca fui. E isso já faz cinco anos. A gente se fala pelo Whats, pelo Insta, mas só de vez em quando, que eu também não tenho muita paciência pros papos dela de ficar perguntando se eu tô bem, se escovo os dentes, se como salada, se meu pai me trata bem, se já tenho namoradinho. Aff. Odeio isso tudo. Odeio essas perguntas de gente idiota (gente adulta tem um tanto de idiotice estampada na cara e em suas perguntas, sobretudo se essa gente adulta for mãe de uma adolescente da qual está distante há um bom tempo porque foi viver a vida, tentar ser feliz, como ela me disse naquela tarde de dar tiau, um tiau mais adeus do que tiau.) Ela me olhou, pegou na minha mão, disse que eu já era bem grandinha pra entender que, por vezes, um casamento acaba e que os pais, mesmo separados, amam seus filhos, separam-se um do outro, mas não dos filhos. Isso ela disse, e eu, boba-bem -boba, acreditei. Ela ficou fazendo aquelas promessas que quem tá a fim de ir embora faz: eu vou, depois venho te buscar, a gente vai viajar bastante, tu vai ver como Londres é linda, e tu sabe, né, filha, que eu sempre quis isso da vida: ficar solta pelo mundo. E ela me disse também que eu ficaria com o pai e que ainda tinha as minhas primas pra me fazerem companhia. As primas. São duas, filhas da tia Magra, as duas mais ou menos da minha idade. Mas e quem é que disse que só por alguém ser filha da irmã da mãe da gente significa que será amiga da gente? Nada a ver. Bem, o fato é que ela se foi. Me deu um beijo na testa e se foi. E eu nunca procurei muito as minhas primas e nem elas a mim. No início, a tia Magra até me ligava, dizia pra eu ir visitar ela e coisa e tal, mas eu nunca fui. E nem ela veio aqui em casa. Às vezes, acho que por vergonha do que a irmã dela, a minha mãe no caso, tinha feito. Nos meus aniversários, a tia liga. No início, minhas primas davam um oi, tudo bem, no telefone. Depois, nem isso. Minhas primas são gêmeas e têm olhos juntos. Sabe aquele tipo de pessoa que tem olhos pequenos e bem juntos? Então, as gêmeas têm olhos juntos. Detesto gente com olhos juntos. Não confio em gente de olhos juntos. Jamais seria amiga de gente com olhos juntos. E, por incrível que pareça, a minha mãe não tem olhos juntos. Pode? Pode. E, quer saber, vou escrever aqui para quem quiser ler: eu não gosto da minha mãe. Quando eu falo isso, meu pai (que não casou de novo, só fica tendo umas historinhas, uns namoricos, porque diz que a preocupação dele é zelar por mim. Ele diz bem assim, zelar pela minha princesa. A princesa no caso sou eu. Logo eu, que jamais quis ser princesa. Aff. Detesto princesas, com seus vestidos rosa, seus babados e frufrus. Gosto mesmo é de mulheres combativas, tipo a Frida Kahlo, tipo a Joana Darc, ou a Angelina Jolie. Acho a Angelina muito combativa. E linda. Um bocão enorme. Bah, acho que acabei enveredando por outro assunto e a frase que eu tava escrevendo ficou perdida lá em cima e se você tiver me lendo vai ficar na maior confusão e a sora Crespa (parênteses dentro do parênteses: a sora de Português tem um cabelão todo crespo, bem lindo-lindo) diz que um texto tem que cumprir sua função comunicacional, ou seja, tem que ser claro, coerente e coeso. E este meu texto, meio carta sem destinatário específico, não está muito coeso. Estará coerente? Claro? Bem, melhor voltar à frase lá de cima. Vou repetir aqui pra ficar mais claro. Pode ser? Então, fecho os parênteses e assumo meu desejo de ser clara, coerente e coesa, uma verdadeira escritora, só que não). Repetindo: Quando eu falo isso, meu pai fica meio chateado, diz que nada a ver, que a minha mãe faz o que ela pode, o melhor que ela pode. Aí, eu perco a paciência. Afinal, como disse, pra princesa não sirvo. Grito, fico irritada, xingo até o meu pai, embora depois peça desculpas, porque sei que ele não tem culpa alguma de a minha mãe gostar de ser livre e resolver viver a vida em Londres nos deixando aqui. Nós não, que do meu pai ela se separou. Me deixando aqui, eu, a Marta, a filha única dela. Uma guria que perdeu a mãe quando tinha onze anos. Prazer.

Melhor começar pelo início: meu nome é Marta, tenho dezesseis anos, sou magra (mas não tanto como a tia, a irmã da minha mãe, pois adoro balas e chocolates), estudo num colégio bacana. Tenho alguns amigos: o Ícaro, que começou a namorar uma guria via internet; o Lúcio Domingues, meu brother; a Lisa; o Jonas (bah, outra hora conto o que aconteceu com o Jonas) e a namorada dele, que é minha best friend, a Raquel. Acho que o Jonas entende bem o que eu passo, acho, não tenho certeza, afinal o pai dele, depois que separou da mãe dele, também foi viver no exterior, nos Estados Unidos, acho. Por isso, o Jonas não se importa quando eu alugo a Raquel e passo a tarde na casa dela trocando ideias. Outro amigão é o Lúcio Domingues. Ele é um metido, vive se envolvendo com tudo e com todos, é presidente do Grêmio Estudantil, mas tem uma voz legal e toca uma bateria como ninguém. Nas horas de sufoco, logo que a mãe se foi, era em cima dele que eu soltava toda a raiva que eu sentia dela. Teve um dia em que a gente até chorar chorou juntos. Depois, a Raquel acabou ganhando o posto de confidente oficial de guria enraivada com sua mãe por ela ter se separado e resolvido morar do outro lado do mundo. Afinal, eu e a Raquel somos gurias, temos a mesma idade, adoramos os livros do John Green. E, quando se é guria, se tem a mesma idade e se adora os livros do John Green, fica difícil de não ser as mais-mais amigas. Nós somos, eu e a Raquel. Ah, e tem a Ana também, ela é nova na escola, e tem um sorriso muito lindo, meio triste, mas lindo. Desconfio que logo, logo a gente será amiga, aí seremos um trio: Marta, Ana e Raquel: MAR.

Mas, sei lá, acho que não era sobre amigos e tal que eu queria escrever. Me atirei aqui na cama, o pai não voltou do trabalho ainda, é sexta e ele sai às sextas à noite, às vezes nem vem em casa, diz que vai espairecer com os amigos, porém tem vezes que eu desconfio que ele espairece é com algumas amigas, pelo menos o perfume que vem com ele é cheiro de mulher e não de amigos. Sei lá por que o pai mente, mente não, que ele não é mentiroso. Ele inventa. Uma vez conversei sobre isso com a Raquel. Ela acha que ele pode achar (tanto achismo) que eu possa ficar chateada de ele estar saindo, namorando. Ela acha que ele acha (olha o achismo de novo) que eu possa achar (mais um) que ele poderia também arranjar um amor e viajar pro outro lado do mundo. Ah, não acho isso não (achei de novo). O meu pai é o cara. Tenho certeza de que ele não faria como a minha mãe, não me abandonaria do jeito que ela me abandonou.

O pai defende a mãe, às vezes até acho que ele não se curou ainda do amor que sentia por ela. Ele a defende e fica dizendo que ela não me abandonou, que ela me deixou com ele, pra que ele cuidasse de mim, que ele é meu pai e que eu do lado dele vou estar bem cuidada. Diz que a mãe só foi pra Londres porque confiava que ele ia cuidar bem de mim. Tá, eu finjo que acredito, até pra não magoar demais o meu pai, que ele é um queridão. Mas não acredito não. A mãe é capricorniana, e quem nasce sob os auspícios de Capricórnio é bem egoísta, o mundo fica girando girando girando só em torno do umbigo da tal capricorniana, no caso, minha mãe. A mãe londrina.

Olha, se você que tá me lendo tá achando que eu estou errada, pode ir rasgando esta carta sem destinatário específico ou pode deixá-la onde a encontrou, aí outra pessoa que de repente tenha mais simpatia pela minha dor possa ler e me amar um pouco. Nossa, agora fui clichê demais (Clichês não são bem-vindos, costuma dizer a sora Crespa). O fato é que estou pensando desta vez em não enterrar estas páginas no sítio da vó Tonta ou em picar em pedacinhos bem pequenos e jogar feito confete pela janela. Eu fazia isso de vez em quando, até que a dona Buço bateu na porta do nosso apartamento com um punhado de papéis nas duas mãos, dizendo que sabia, e que não adiantava eu negar, que eu tava jogando sujeira pela janela. Eu peguei os meus escritos picotados, sorri meio sem graça, pedi desculpas, que mais nada eu podia fazer mesmo. Ela então deu meia volta, disse que se aquilo acontecesse mais uma vez, ela ia contar pro meu pai e denunciar no condomínio. *A multa será pesada*, ela disse com aquela voz de bruxa de contos de fadas que não são da Disney. Depois ainda falou, com uma expressão de incredulidade naquela cara de quem é infeliz: *E uma guria da tua idade, hein? Em vez de tá namorando ou estudando, tá aí jogando sujeira pela janela. O que faz de falta uma mãe.* E eu fiquei parada, e a dona Buço (ela tem esse apelido no condomínio, porque ela não depila o buço, coisa medonha de se ver) entrou no elevador, certa de que tinha vencido uma batalha. Acho que se sentiu como a Danéris quando os dragões dominaram todo mundo. E eu fiquei ali, cheia de raiva da dona Buço: quem ela achava que era pra falar aquelas coisas pra mim? Namoradinho, ainda vá. Mas falar de falta de mãe? E eu lá tenho falta de mãe por acaso? Ela nada sabe de mim, esta senhora infeliz de buço saliente. Deu até vontade de escrever um bilhete anônimos pra ela, falando do tanto de risadas que aquele buço enorme já havia promovido no condomínio, nos corredores do condomínio, na piscina do condomínio, quando ela chegava com aquele maiô verde dois números maiores que ela; nos elevadores do condomínio, quando um ou outro morador fazia sinais através do espelho apontando o buço da dona Buço. Ah, que vontade eu tive, mas não fiz. Temi que ela pudesse descobrir que a autora anônima da carta reveladora fosse eu. Aí: queixa pro meu pai, queixa no condomínio, multa pesada. Ah, mas que eu não me esqueci, não me esqueci daquelas palavras dela. Deu vontade de gritar, mesmo depois que ela sumiu engolida pelo elevador (pena que ele não devorou a dona Buço de verdade, mastigando bem devagarinho, ruminando aquela bobalhona como se fosse vaca lá no sítio da vó Tonta a mascar grama), que o meu pai era o melhor pai do mundo e que eu não tinha falta de mãe, não tinha, não tinha, não tinha.

Não tenho.

Não tenho.

Não tenho.

E tanto não tenho que, quando a saudade da minha mãe aparece, eu escrevo estas cartas. Quer dizer, não sei se são bem cartas-cartas, que cartas-cartas precisam ter remetente (eu no caso) e destinatário específico. A não ser que seja uma carta aberta. E esta não é. A sora Crespa explicou dia deste o que é uma carta aberta. Eu entendi mais ou menos que é uma carta com algum tema de interesse mais geral, aí alguma entidade escreve e assina a carta e publica em algum jornal ou manda via e-mail ou posta em sua página no Facebook, no Instagram, ou no site, ou no blog, se tiver. O Ícaro, meu colega de aula, tem um blog bem legal: voodeicaro.blogspot.com. Ele, assim como eu, vive só com o pai dele. Parece que tá virando moda isso de a gente, nós, os adolescentes (aliás, não sei se você é um adolescente – eu ia gostar se você fosse –, você que encontrou esta minha carta onde sei lá eu a deixei, porque ainda não sei onde vou largá-la, aliás, nem sei mesmo se vou me livrar dela assim ou se farei seu enterro lá na vó Tonta. Ainda mais depois do que aconteceu. Ah, tomara que você seja: um adolescente sempre entende melhor outro adolescente) sermos criados por apenas um de nossos genitores (palavra estranha): ou o pai (eu, Ícaro) ou a mãe (Jonas, Lúcio Domingues e tantos outros). Acho que, dos meus amigos e dos meus colegas de aula, só mesmo a Raquel ainda tem os pais casados. E o Tom. A Ana não sei, que, como disse, é nova na escola. E se for ver bem, se for contar contadinho, a maioria vive com as mães. Os pais se foram, as mães ficaram com os filhos. Algumas casaram de novo, feito a da Lisa. Mas a maioria não. Sei eu lá por quê. Se um dia eu caso, sei de duas coisas no mínimo que vou fazer: se separo, caso de novo, e de novo e de novo; se tenho filhos, eu é que fico com eles. Nada disso de ir pra Londres e largar a filha com o pai. Bah, escrevi largar. Acho que não é bem assim: se meu pai lê, fica brabo comigo. Na verdade, eu até gosto de morar só com o pai. Acho que um pai sempre dá mais liberdade pra uma filha que foi abandonada pela mãe (ops, falha de novo, meu pai, se lê, entristece). Tem umas gurias lá na escola que discordam, ficam falando que a mãe delas é bem mais parceira e tal, algumas até ajudam as filhas a enganarem os pais nas coisas de namoro ou de bebidas em festas. Sei lá, acho que tem mães e mães; pais e pais, filhas e filhas. Eu e meu pai nos entendemos bem. Apesar das mentirinhas das sextas à noite.

Apesar.

Ah, e acho que acabei fugindo do tema desta carta que não é bem carta e que será largada (ou não) em algum lugar para que alguém a leia e entenda um pouco do que vai no dentro de uma guria de dezesseis anos que mora apenas com o pai, que tem uma avó (já que a outra morreu) que tem um sítio onde ela enterra suas cartas e onde não pretende enterrar essa. Uma guria que gosta de festas, que acha a Angelina Jolie uma mulher de fibra, que quer ser, quando ficar adulta (mais adulta, que dezesseis anos já tem um tanto de adulteza, eu acho), uma mulher de fibra também. Não de fibra daquelas de se ir pra Londres movida por desejos de liberdade. Fibra de lutar por ideais que não sejam tão egoístas, tão individualistas. Só que ainda não sei que lutas pretendo lutar: por uma sociedade mais pacífica, quem sabe. Ou pela preservação do planeta, pela Amazônia, pelos povos originários da Amazônia. Ou, de repente, fazer alguma ação pra levar mais vida a quem tem poucas condições, pra quem vive sem o mínimo necessário, que tem muita gente vivendo assim no mundo, embora a gente esteja em pleno século XXI, tipo os Médicos Sem Fronteiras. Só que pra isso preciso ser médica, e não sou um modelo de aluna, minhas notas ficam por volta da média, por vezes até pego uma recuperação. Médica acho que não serei. Tem que estudar de montão. Não estou muito a fim, acho. Sei lá. De repente, mudo de ideia e viro uma baita médica de crianças e me vou pra África. Sem conexão em Londres, é claro. A África é um outro mundo, eu penso. Um mundo muito diferente que me fascina. Meu pai sempre diz que existem muitas Áfricas, quer dizer: um monte de diferenças culturais, sociais e econômicas dentro de um só continente. Acho que tipo aqui no Brasil, país com tamanho de continente. Tipo aqui.

Ah, como você pode ver — você que achou esta carta não bem carta, quase diário confessional de uma guria meio atormentada e sem nada pra fazer, que as tarefas escolares já foram feitas, que está cansada de stalkear todo mundo no Facebook e no Instagram, que está cheia de quê — sou meio atrapalhada quando escrevo: perco o rumo, misturo as coisas, encho minha escrita de parênteses e de travessões (acho que a vida é cheia destes troços, destas emoções que ficam enfiadas no meio das outras e vão confundindo a gente e a gente fica meio sem saber o que fazer, como eu depois que a minha mãe se foi pra Londres, como eu agora, como eu sempre e sempre e sempre, amém), fico sem coesão e sem coerência, estes elementos que a sora Crespa diz serem tão necessários para quem um dia, assim como eu e de repente você que me lê, fará o vestibular. Medicina ou Teatro? Engenharia (há várias) ou Matemática? Artes Visuais ou Direito? Cursar faculdade ou viajar? Fazer malabarismo na sinaleira ou atravessar o deserto do Saara? Ser piloto de avião, como a Alice quer ser? O Juan diz que o sonho dele é subir num camelo e sair andando, sem lenço e sem documento, pelo deserto do Saara. Bem louco, o louco. Mais louco do que eu. Eu, sei lá, acho que seria feliz escrevendo. Podia fazer Letras, Jornalismo, sei lá. Alguma coisa com a qual eu pudesse usar as palavras. Gosto das palavras. Elas têm som, têm conteúdo, têm verdade. Ou não. Minha mãe, por exemplo, a mamãezinha londrina, quando foi embora, pegou as minhas mãos, olhou bem dentro dos meus olhos, e disse que estava indo viver a vida dela (verdade), que me deixava com meu pai (verdade), o ser que mais me amava no mundo (verdade) depois dela (mentira), que sempre pensaria em mim (mentira), que nas férias viria me buscar (mentira) ou me mandar passagens (mentira mais

ou menos) pra que a gente pudesse matar a saudade de abraços (mentira) e eu pudesse conhecer Londres e outras cidades europeias (outra mentira). Essa é a minha mãe, uma mentirosa contumaz. Contumaz é palavra bacana. Há muitas palavras bacanas. Há palavras bonitas, como paz, amizade, carinho, pai. Há palavras feias, como guerra (embora a sonoridade dela seja linda, cheia de rrrrrrrrrr), fome, miséria. Há palavras horrorosas, como injustiça, como mãe. Tá, sei, estou julgando todas as mães a partir da minha, e isso não é justo. Odeio injustiças na mesma medida que odeio a minha mãe. Não sei se odeio de odiar mesmo, ou se só odeio de não gostar, de não entender (tá, entender até entendo, acho que, na verdade, não aceito, é isso, não aceito que ela possa ter ido prum outro país viver a vida dela e esquecer que tem uma filha que, quando ela foi embora tinha apenas onze anos e precisava de uma mãe ao lado), às vezes acho que é odiar de ter raiva, odiar de desejar que a outra pessoa até possa ficar bem, ser feliz, desde que bem longe da gente. Bem longe, que é o que a minha mãe, acho, também quer. Até porque, se me quisesse por perto, não teria esperado cinco anos. Cinco anos. Até porque, se ela me quisesse por perto, teria cumprido prontamente todas as promessas feitas na hora da despedida, naquela tarde cheia de sol de dezembro, duas semanas antes do Natal, o meu pai encostado na parede, olhos vermelhos de quem já tinha chorado bastante, de quem sabia que naquele momento tinha que ser forte para que a sua filha, a sua única filha, eu no caso, não desabasse também. E eu não desabei, não na frente dela. Eu não chorei, não na frente dela. Eu não gritei, não enchi ela com toda a minha raiva, não disse nada. Só tirei as minhas mãos de dentro das mãos dela, que aquilo tava me causando um mal desgraçado, e perguntei que dia ela iria partir. Olha, confesso que pensei que era coisa pra bem longe, pra bem depois daqueles tempos de festas de final de ano e tal. Mas ela me olhou e sorriu um risinho abobalhado, parecido com o da dona Buço, quando ela cruza pela vizinha do 613 e seu bebê, e disse assim, sem dó nem piedade: *Semana que vem, eu parto a semana que vem. Tive uma promessa bacana de trabalho em Londres.*

Gente (quer dizer, não sei se você é mais de um, mas tenho esta mania, quando estou muito surpresa, de chamar a pessoa de gente, parece que dá mais importância para o que tá sendo dito, sei lá), fiquei pasma. Paradona, feito uma barata que recebeu nas fuças uma carga enorme de inseticida. A barata sabe que foi pega, sabe que precisa fugir, escapulir, se enfiar em algum canto, mas ela sabe também que não adianta nada fugir, escapulir, se enfiar em algum canto. Ela sabe que o fim chegou e que nada há que ela possa fazer para lutar contra a carga enorme de inseticida que lhe foi atirada nas fuças sem dó nem piedade. Pois, naquela tarde de sol, eu era a barata e a minha mãe segurava, sem dó nem piedade, o frasco com o inseticida. E despejava no meu rosto sem qualquer vacilação. E o meu pai me olhava, incrédulo, duvidoso de que tudo aquilo era possível de acontecimento. Ainda perguntou se tinha que ser tão rápido assim, disse algo do tipo *Olha pra cara da Marta, é muita coisa pra ser jogada sobre os ombros dela assim, tão de chofre.* Porém, a minha mãe seguia firme com o inseticida na mão, firme na sua intenção de me tontear, e eu ali parada, sabedora de que não haveria um canto para o qual eu pudesse fugir, nenhum esconderijo poderia me proteger daquilo tudo. Ela falou assim: *Ah, Guga, a Marta já é uma moça, ela entende dessas coisas. Pra que adiar o que tem de ser feito? Eu já comprei passagem, está tudo pronto, enfim. E temos uma semana pra ajeitar as coisas.* Foi bem assim que ela falou: ajeitar as coisas. Eu me senti uma das coisas que precisavam ser ajeitadas. Aí, ela me olhou e tentou pegar minhas mãos de novo. Mas eu não deixei. Só disse assim: que ela não se preocupasse, que o pai, eu tinha certeza, ia saber cuidar muito bem de mim, e que tinha a vó Tonta, e tinha meus amigos também. *Não te preocupa, mãe,* eu menti. *Eu vou ficar bem.* Aí ela sorriu, me deu um beijo na testa, nada de abraço, falou de eu ser amiga das minhas primas de olhos juntos, sorriu pro meu pai, que ficou lá encostado na parede até ela sair e bater a porta. Sobre a mesinha, ficou o molho de chaves dela. Aí eu entendi que aquela casa não era mais dela, e não era mais dela porque ela não queria que fosse mais dela, porque ela logo, logo estaria partindo pra Londres. Meu pai e eu nos olhamos. Aí ele sorriu sorriso triste, veio até mim, me abraçou bem apertado. E eu desabei. Chorei muito, chorei demais, chorei tanto que deixei a camisa dele toda molhada de lágrimas e de ranho.

Foi assim. Bem assim, o último dia que eu vi a minha mãe. Bem assim.

Tá, seguinte, não estou escrevendo só pra ficar fazendo um ritual de retomar a memória, que isto é carta (tá, não bem carta) e não autobiografia ou memória de uma adolescente que se sente abandonada. Não, hoje acho que não me sinto mais abandonada, sei que meu pai tá por perto, sei que ele gosta de mim um tantão. Tenho a vó

Tonta, tenho o Lúcio Domingues, a Raquel e mais um monte de amigos que deixam a minha vida bem mais leve. E tem esse negócio que chegou faz pouco em cima da minha cama. Mas que é difícil, bem difícil, saber que a minha mãe trocou o amor pela filha por seu desejo de aventuras, ah, não vou mentir, é difícil sim. E não quero mais julgá-la, talvez seja por isso que eu esteja escrevendo, querendo desabafar. Afinal, depois do que aconteceu hoje, as coisas podem (talvez) tomar outro rumo que não o que me parecia ser determinante. É por isso que escrevo, creio que busco um conselho, uma ajuda, um auxílio. Não de quem achar esta minha confissão, confidência, exposição, sei lá o quê, pois se quisesse ouvir conselho de alguém, era só pedir pra Raquel, ela ia me dizer coisas legais. Ou pro Lúcio Domingues. Ou pra vó Tonta. Só pro meu pai que não pediria, afinal, já sei bem, muito bem, o que ele pensa. Não, não quero conselho ou palavras de quem quer que seja. Nem de pessoas que me amam, nem de alguém desconhecido que nem sabe que eu existo e que, por sorte ou azar, achará um envelope sobre um banco de uma praça ou largado em algum balcão em uma loja qualquer de um shopping. Um envelope que guarda uma carta não bem carta, escrita por uma adolescente comum (ou mais ou menos comum) que resolveu partilhar sua vida com um estranho. Ou uma estranha. Não, volto a dizer, eu não quero saber o que os outros pensam sobre mim. Quero eu mesma saber o que a Marta pensa sobre a Marta, eu mesma dizendo pra mim o que eu devo fazer diante do inusitado de hoje.

Eu e mais eu.

Só eu e eu.

Tipo eu no espelho.

Espelho, espelho meu.

Coisa do tipo.

Só que o meu espelho não é espelho, é carta. Carta, aliás, que se alonga, como se eu fosse a tal barata com a cara lambuzada de inseticida. Fugir pra quê? Fica-se paradinha, aturdidinha, paralisadinha, bobinha-bobinha, só esperando esperando esperando que o inseticida faça efeito e. Pronto, foi-se aquela que um dia foi barata e aterrorizou a vida de tanta gente pelo mundo. Uma barata pode viajar o mundo? Se pegar um avião pode. Mas qual o tempo de vida de uma barata? Você sabe? Você que me lê sabe? E você tem medo de baratas? Nojo? Já matou alguma? Com inseticida ou com chinelo? Meu pai mata com pisadas: esmaga a barata, sai um líquido meio amarelo dela, nojento, ela ali, toda destroçada e as anteninhas se mexendo. Um horror. A Raquel, um dia, matou uma barata. A bicha entrou voando pela janela do quarto dela. A bicha era enorme. E voava. E vou lhe contar uma coisa: a Raquel mora no terceiro andar. A barata voou três andares, entende isso? Três.

Será que a Angelina Jolie mata baratas?

Mas, olha, se você leu até aqui esta minha declaração de filha órfã de mãe viva e londrina, é porque eu não sou tão chata escrevendo, sou? Não, né? Consegui segurar sua atenção sobre o que tem ocorrido comigo, mas principalmente sobre o que ocorreu hoje, que é, na verdade, o motivo destas tantas palavras. Bem, mas se você chegou até aqui, vou matar a sua curiosidade e lhe dizer quanto tempo vive uma barata (acabo de pesquisar no Google, se quiser confirmar a veracidade do que digo, basta consultar o link que segue: http://www.manualdomundo.com.br/2014/02/quantos-anos-uma-barata-consegue-viver/). Uma barata (claro que depende da espécie e tal) pode viver de seis meses a três anos. Já pensou? Uma barata pode até celebrar aniversário. E li também que elas já estão no mundo há mais de 300 milhões de anos. Nossa, bem mais que as mães londrinas, não? As mães. Aquelas que cruzam o oceano com promessas de retorno. Só promessas. Baratas também podem ser mães. Botam um montão de ovos, coisa mais nojenta. Vi umas fotos.

Olha, creio que, se você conseguiu enfrentar este parágrafo, seguirá em frente, com certeza (eu mesma releio o que escrevi e acho meio absurdo, meio nojento, mas se arranco esta parte, corto a folha, a coisa fica estranha e você que me lê vai acabar acreditando que haveria algo impróprio ou algum segredo secretíssimo escrito na parte amputada desta minha carta deixada em um banco ou em uma calçada ou em qualquer outro lugar que me dê na telha deixar o tal envelope com esta missiva (gosto desta palavra, tanto quanto gosto de contumaz) dentro. Marta e suas palavras, Marta e suas revelações. Agora até me pego a pensar se o que escrevo terá valor para alguém. Terá? Se tiver, em vez de ser jornalista, posso ser escritora. Imagina que legal chegar a uma livraria e ver um livro com o meu nome na capa? Nossa. Lindo demais. Posso até criar um nome literário e tal. Tipo Má Cortez. As gurias lá da escola têm todas elas apelidos, quer dizer, todas todas também não. Umas põem nas outras e, na maioria, são abreviações dos nomes: Lari, Guta, Leti, Carol, Pati. Alguns apelidos são só uma sílaba mesmo: Fê, Ju, Má (eu, no caso). Os guris não têm muito disso: apelido com uma sílaba. Só o Pê, Pê de Pedro Augusto. Ele curte ser o Pê. Ele se apresenta assim: *Oi, sou o Pedro. Pedro Augusto, mas podem me chamar de Pê.*

No mais é tudo igual, tudo meio repetitivo mesmo, acho que o Pê é a exceção. Toda a regra tem lá a sua exceção, como sempre fala a sora Crespa quando vai ensinar as famigeradas regras gramaticais que a gente aprende, aprende, aprende, mas na hora de usar nunca sabe. Eu até que sei algumas. Uma ou outra, tipo os objetos: o verbo pede preposição é indireto; o verbo não pede é direto. Fácil, fácil. O difícil é ouvir o verbo pedindo, como sempre o Tom fala. *Pra mim, os verbos são mudos*, ele diz. E a gente ri. O Tom é o cara mais popular da escola. Já até participou de um reality show. Ele e a namorada dele, a Alice. Eles não têm apelidos. O nome do Tom é Tom mesmo.

Mas seguindo, deixando de ser barata boba por inseticida, vou dizer o que tem me incomodado. Seguinte, vamos direto ao ponto: ontem, quando cheguei do colégio, o seu Manuel, que é o zelador e cuida da portaria, me estendeu um envelope. Disse que o carteiro tinha mandado entregar em mãos, com direito a ter que assinar e pôr número da identidade. E foi dizendo que não tinha a carteira de identidade ali com ele, que teve que pedir pra esposa dele trazer e tal. Falou que teve um tempo que ele até sabia de cor o número da identidade, mas que a memória andava fraca, fraca. Aí pensei na vó Tonta, que tem idade quase que a mesma do seu Manuel e nada de memória boba ou tonta, como o apelido dela pode deixar transparecer. Tonta vem de Antônia, só não me perguntem o porquê, que eu não vou saber responder. Bom, depois de toda a explicação do seu Manuel, ele finalmente me entregou o envelope e foi dizendo que devia ser coisa importante, que vinha lá das Europas, falou assim mesmo, no plural. Para ele, pelo visto, a Europa é mais de uma. Sei lá. É claro que eu senti um aperto no peito, é claro que meu coração bateu mais forte, é claro que eu fiquei meio muda, feito barata naquele estado anterior à morte. É claro que, ao entrar no elevador, depois que ele fechou a porta e eu me vi sozinha, fiquei olhando pro envelope amarelo. Eu sabia de quem ele vinha, não podia vir de outro alguém, só dela dela dela, a minha mãe, a londrina que tem as sobrinhas gêmeas de olhos juntos que nunca se tornaram minhas amigas. A mãe de quem eu não gostava. Não gosto. Gosto, sei lá.

Eu só abri o envelope quando entrei no meu quarto, fechei a porta com a chave, sei eu lá por qual motivo, se eu tava sozinha mesmo. Foi ali, atirada na cama, envelope queimando nas minhas mãos, o espaço do remetente trazendo pra mim a certeza do que eu já sabia, mas torcia pra não ser: na letra meio deitada da minha mãe, estava escrito o nome da minha mãe e um endereço de algum lugar em Londres, a residência dela provavelmente. Abri com cuidado, como se dentro tivesse algo que pudesse me machucar: uma bomba, um pó venenoso, um aparelho que desse choque, uma piada maldosa.

Nada.

Dentro tinha um bilhete da minha mãe; nele aquelas palavras meio clichês que se escreve quando não se sabe bem o que escrever para uma filha que não se vê há cinco anos, mais ou menos. Estavam lá: saudades, falta, carinho, desejo, filha, mãe. Eu li, li mais de uma vez, tentava ler ali não apenas as palavras escritas, queria sentir a falta que a palavra falta dizia que ela sentia de mim; queria ler, na palavra saudade, a saudade total, sofrida, angustiante, que ela dizia sentir de mim. Mas não conseguia, não conseguia. As palavras da minha mãe pareciam só palavras; eram só palavras, eu via assim, eu lia assim, eu sentia assim.

Todavia.

Todavia, mesmo assim, e apesar disso tudo, embora eu quisesse não sentir, a alegria foi me tomando, foi entrando em mim, foi fazendo eu acreditar naquilo tudo que estava escrito naquele bilhete pouco para o tempo que a gente andava apartada uma da outra. E ela se justificava, dizia que escrevia pouco por não ser boa com as palavras escritas, que a gente ia ter muito tempo, quando eu chegasse a Londres, para matar a saudade que a matava aos poucos. Eu abracei o envelope, beijei a carta que as mãos da minha mãe lá do outro lado do mundo tinham tocado. O fato é que eu queria mais palavras; eu gosto delas. E minha mãe tinha sido econômica, como sempre fora com o afeto. Sempre. Nem no dia em que se foi, ela me abraçou forte, me beijou o rosto. O beijo foi na testa, beijo tão asséptico (amo esta palavra também), e no entanto agora (o envelope está aqui do meu lado, bem do meu ladinho) eu esqueço que passaram cinco anos e que este bilhete chegou assim, de surpresa num fim de tarde de novembro, e junto dele uma passagem para Londres.

Uma passagem, entendeu o que escrevi? Uma passagem para Londres. A minha mãe me enviou uma passagem para Londres. A minha mãe quer que eu vá visitá-la em Londres. Ela me mandou a passagem. E se mandou é porque não me esqueceu, é porque quer me ver, é porque ainda gosta de mim. Gosta tanto quanto o meu pai gosta. Tanto quanto? Não, nem tanto quanto? Meu pai é meu pai; minha mãe é minha mãe. Cada um, cada um. O fato, o concreto é este envelope amarelo, é esta passagem de avião para daqui a um mês. É. Tudo certo. Ou não.

Ou não.

Esse o problema maior: eu quero ir? Ela merece que eu vá? Merece? Tenho lá minhas dúvidas. Taí o motivo desta carta que se alonga, que se estende feito cabelo de Rapunzel na tentativa de libertação da torre que a aprisiona. Não sou Rapunzel, não tenho em mim o desejo de ser boazinha, de ser mocinha ou princesa. Prefiro as mulheres mais combativas, como já escrevi, acho, aqui (já escrevi tanto que estou meio tonta, barata tonta, vó Tonta, e já nem sei se este texto teria boa avaliação da sora Crespa: coeso, coerente, objetivo). Não, objetivo sei que não. Cartas são subjetivas, dissertações pra passar no vestibular não podem ser. Nada de *eu isso*, *eu aquilo*. Nada de linguagem mais livre, mais coloquial, mais figurada (conotativa, a sora fala. Gosto desta também).

Ir para Londres ou não ir, eis a questão. Se eu fosse Hamlet, ficava louca e pronto. Tudo resolvido. Fácil pirar mesmo neste mundo tão maluco de mães que se vão, de pais que se vão, de sei eu lá mais o quê. Entro no Google de novo. Agora digito: *Londres*. Clico em imagens. E, sei lá, me sinto mal. É como se tivesse traindo o meu pai: a porta trancada, meu abraço no envelope, minha alegria ao ver a passagem.

Então.

Enfim, é por isso que escrevo, mais pra mim mesma, eu sei. Quero saber o que fazer, que rumo tomar, apesar deste inseticida que a minha mãe jogou de novo no meu rosto. Agora menos dolorido, agora tentativa de conserto, eu acho, daquilo que foi rompido do jeito que foi. Mas dói igual, uma alegria sofrida, se é que isso é possível. Alegre por minha mãe querer que eu vá; triste por eu não saber se devo ir. E eu dividida, feito uma barata pisoteada, que sabe que vai morrer, porém mexe as antenas na tentativa de descobrir um lugar para se proteger.

Meu pai é a proteção.

Minha mãe, a dúvida.

E eu? Sabendo pouco do que precisava saber.

Há pouco, ouvi o barulho da porta, meu pai chegando. Não estava esperando que ele voltasse tão cedo. Hoje é sexta-feira. Corri, destranquei a porta, pois sei que o primeiro movimento dele é sempre vir aqui no meu quarto me dar um beijo de oi. E ele veio. E quando entrou seus olhos caíram sobre o envelope, sobre o bilhete, sobre a passagem, tudo ali do meu lado na cama. A gente se olhou e ele me deu o beijo de carinho dele. *Oi*, ele disse. *Tudo bem?* Eu respondi que não, que mais ou menos, que não sabia direito. Ele se sentou do meu lado. Perguntou se aquilo tudo tinha sido enviado pela minha mãe. *Aham*, eu falei. Aí a gente ficou em silêncio, um tantão de tempo em silêncio, eu abraçada nele, sentindo o bater calmo do coração do meu pai. Aí ele me perguntou: *Tu já sabe o que vai fazer?* Eu não sabia, na verdade, ainda não sei. Aí só fiquei quieta. Ele me disse que era melhor eu ficar sozinha, que ele me amava bastante. *Assim como a tua mãe te ama. A prova tá aí, em cima da tua cama.*

E saiu.

Eu fiquei aqui, meio querendo ligar pro Lúcio Domingues ou pra Raquel, querendo que alguém me dissesse o que fazer, quando na verdade eu sei que só eu mesma é que tenho que saber o que fazer. Chega de ser barata. Por isso, escrevo. Por isso, amanhã irei pro colégio a pé, no caminho tem o Parcão. Deixo ali, num banco, tudo isso escrito. Vou anotar meu celular também. Se você quiser me enviar um Whats, vou ficar feliz. Escreve *sim*, se você achar que eu devo ir pra Londres. Escreve *não*, se julgar que não devo dar bola pro bilhete dela. Dependendo do resultado da pesquisa, eu decido.

Bobagem. Não vou deixar celular nenhum anotado aqui. Enterro a carta no sítio da vó Tonta e pronto. Fim. Enterro nada, deixo num banco do Parcão e pronto. Fim. Não deixo nada, levo ela comigo pra Londres e entrego pra minha mãe e pronto.

Fim.

Gosto da palavra fim. Ela é bonita na sonoridade e também em seu sentido: término, encerramento.

Uma coisa precisa acabar pra que outra tenha início.

Início.
Gosto também.
Início.

Um abraço a você que me leu até aqui.
Marta.

FORA DO TOM

Nem tudo o que aparenta ser é luz a revelar o dentro.
Sombras existem nos mais claros olhares.
C.C.Rethir

A PREPARAÇÃO

Eu queria, foi o que Juan disse quando Tom se afastou, os olhos ainda dentro dos olhos dele, a lua meio encoberta pelas nuvens naquele frio de agosto, os colegas todos dentro de casa, iluminados pelo fogo da lareira. A ideia de virem para a praia naqueles dias de inverno foi da Alice. *Na verdade, ainda quero*, Juan foi insistência. Sabia, é claro, que nem sempre os quereres seus eram quereres de outros.

– A vida é mesmo assim – costumava dizer seu avô. E o avô tinha lá seus saberes, embora Juan percebesse que a mãe não julgava da mesma forma.

– A vida tem disso – murmurou Juan, os olhos ainda no amigo, que havia baixado a cabeça e riscava traços quaisquer na areia. Tom ergueu o rosto, voltou-se para o amigo, sorriu aquele sorriso de que Juan tanto gostava.

– A vida tem disso – repetiu Tom.

Nada mais disseram. O vento assoviava sobre o mar de Torres.

Alice estava entusiasmada. E os outros se deixaram contaminar pelo seu entusiasmo. Seriam duas chapas, estava decidido. *A deles*, disse Lisa, *e a nossa*. Juan sorriu, olhou para Tom, tocou seu braço.

– O Tom é popular, ainda mais depois do reality. Todo mundo no colégio gosta dele – falou Lisa. Era sempre ela a dar rumo às discussões, a propor encaminhamentos, influência dos pais advogados ou de seu ascendente em Capricórnio, como sempre dizia. Prendeu os cabelos crespos com um lenço com todas as cores do arco-íris e disse que iria à Direção registrar a chapa de oposição. Da porta, sentenciou: *A ditadura do Lúcio à frente do Grêmio Estudantil já está com prazo vencido*.

Todos aplaudiram, menos Tom.

O sol tornara um pouco mais amena a tarde fria e sem vento. Sobre a mesa, um pote enorme de pipoca. Nico foi o primeiro a encher a boca e, com um sinal de cabeça, indicou que Tom fizesse o mesmo. Da cozinha, onde preparava alguma coisa para beberem, Alice observava o namorado e o irmão. Gostava da sintonia que percebia entre eles, apesar de serem tão diferentes: Tom, o cara popular, piercing na sobrancelha, roupas diferentes, compradas em brechós; o irmão, rosto com marcas de espinhas, sempre vestido com roupas esportivas, que lhe disfarçavam um pouco o excesso de peso, os cabelos cortados muito curtos.

– Suco de laranja puro ou com mamão? – perguntou Alice.

– Os dois – respondeu Nico. Apesar de um ano e pouco mais novo que ela, ele era seu chão. Mais amigo que irmão, era sempre Nico a apoiar aquilo a que a mãe chamava de loucuras: o cabelo raspado de um lado da cabeça (*Isso não é coisa para meninas, Alice!*); a tatuagem no pescoço (*Isso é pouco feminino, Alice!*); o desejo de pilotar aviões (*Profissão de homem, Alice!*). E não bastavam as notas escolares serem as melhores, não bastava ela ter vencido aquele reality show de matemática. Nada bastava. A mãe era sempre cheia de exclamações.

– Por que você não segue o exemplo do Nico, Alice?

O irmão era quem respondia:

– A Alice é a Alice, mãe. Eu sou eu.

Caio R acessou o computador. Percebeu que o Face do Tom estava aberto. Pelo visto, seu parceiro era cara que confiava nos colegas. Porém, se alguém mal-intencionado se depara com um perfil aberto, sabe-se lá o que pode acontecer. Se bem que os Cinco, como se autodenominavam, eram como os tais Mosqueteiros. Todos por um: Alice, Lisa, Juan, Tom e ele, Caio R.

Nada de mal poderia separá-los, era o que pensavam então.

Nada.

Caio R abriu o arquivo do novo número do jornal da escola (ele era o editor, o repórter, o redator, o faz tudo e mais um pouco) e começou a redigir a notícia: *Depois de oito anos, pela primeira vez a eleição para o Grêmio Estudantil terá duas chapas. A primeira, composta pelo atual presidente, Lúcio Domingues, e por Sônia Medeiros. A segunda, composta por Tom Xavier e Juan Mendoza, que representa a oposição. Logo, nosso jornal divulgará as propostas de cada uma das chapas concorrentes.*

O treino da equipe feminina de futebol acabara há pouco, uma ou outra menina ainda ajeitava sua mochila ou tomava banho, quando Lisa e Alice bateram a porta do vestiário atrás de si e saíram para o gelado pátio do colégio. Escorado num cinamomo estava Tom.

Celular é distração.

– O Tom – disse Lisa. E, mais tarde, já em casa, atirada na cama, foi arrependimento daquela pergunta que há muito a incomodava; a amiga respondendo que gostar não tinha rótulo, que ela, o Tom e o Juan eram um trio. E ponto.

– Nossa chapa está inscrita – foi o que Lisa disse, quando os Cinco se encontraram para ver mais um capítulo de Stranger Things.

Aplausos.

Alguns gritos alegres.

– Agora é buscar votos – disse Caio R. – O da Marta é deles, o da turma do Lúcio Domingues também. Mas acho que muita gente fechará com a nossa chapa. A Ana, o Pê. O Tom é superpopular.

Alice abraçou o namorado, cochichou em seu ouvido: *Que cara é essa? Parece que você é o único que não está curtindo a ideia de ser presidente do Grêmio?*

Tom sorriu, sorriso meio tímido, meio indeciso.

– Estou meio confuso – disse.

O CRIME

T XIS

E o que você diria se um colega seu, LD (não usarei nomes, mas uma dica não faz mal), revelasse ter colado na prova de Matemática? E tivesse se livrado da recuperação? Você avisaria a professora, comunicaria à Direção? Anulação de nota é o mínimo esperado. Afinal, algo saiu do tom.

Lúcio atravessou o pátio, pisava firme, o rosto contraído. Sônia parou, ela sabia que o namorado era do tipo de não levar desaforo para casa, mas também sabia que, dependendo da reação de Tom, ventos ruins poderiam soprar.

Por isso, parou.

Por isso, não o seguiu até o banco em que Tom lia um livro.

De onde estava, no entanto, Sônia ouviu o grito do namorado a questionar o motivo da ação do outro: *Eu não colei em porcaria de prova nenhuma, tá sabendo?*

– Cara, não estou te entendendo – foi o que Tom disse, olhos no rosto contraído do colega.

– Isso é golpe baixo em época de eleições, sabia?

A pergunta de Lúcio ecoou no pátio da escola, enquanto ele se foi em direção ao portão. Atrás dele, Sônia. Todavia, se eles saíram, a interrogação não os acompanhou, ficou ali, pairando: pergunta solta no ar sempre provoca respostas possíveis.

Aquele era o início de tudo.

O fato é que – embora Tom negasse – as postagens do T XIS no Instagram e no Face, que começaram a surgir depois daquela que denunciou a cola na prova, passaram a incomodar todos no colégio. Um dia sim, o outro também, o tal T XIS publicava algo que perturbava alguém.

T XIS.

T de Tom. XIS de Xavier, o sobrenome de Tom.

Coincidências, foi o que Caio R ouviu uma das gêmeas da 101 dizer, *nem sempre são coincidências*.

Juan:

– Cara, tá todo mundo comentando.

Tom:

– É perfil fake, já disse.

Juan:

– Acredito.

Tom:

– Não parece.

Juan:

– Bah, cara, não diz isso. Confio em ti, é certo. Se você fala que é falso, é falso.

Tom:

– E quem você acha que está fazendo isso?

Juan:

– Ah, sei lá, mas é alguém que sabe das coisas que você também sabe. Olha o que foi postado hoje sobre a Lisa. Só a gente, os Cinco, sabiam, ela disse. E ainda tem quem diga que você atacou o Lúcio por causa das eleições. Tom sorriu. E sentiu em si aquilo que sentem aqueles que percebem o quanto os outros os desconhecem. Não, ele não atacara o LD por causa de eleições. Não. Mais fácil o LD ter criado aquele perfil fake. Foi o que disse a Juan.

T XIS
E a garota de faixa de arco-íris estaria legislando em causa própria? Foi o que ouvi dizer. Mais uma fora do tom.

Difícil crer naquilo tudo: quem perderia seu tempo em criar problemas entre ele e os colegas do colégio? Pelas palavras do Juan (e ele sentia que o amigo não tinha tanta certeza assim de sua inocência), teria que ser um dos Cinco. Mas ele confiava nos quatro amigos, e havia a Alice, e o Juan. Não, eles não. A Lisa tinha sido exposta no post do tal T XIS. Dos Cinco, então, restavam só ele e o Caio R.

Só ele.

Não, o Juan era certo que não.

A Alice também não.

O Lúcio, talvez. E a Sônia? Mas como saberiam das coisas que apenas os Cinco sabiam? Lembrou, sem saber bem o porquê, do pai dizendo que as paredes sempre têm ouvidos. E as janelas, olhos. O Caio R, que adorava fuçar em computadores, talvez pudesse descobrir a origem daqueles posts. Só assim, tudo poderia retornar ao que era: eles, os Cinco, tranquilos. E nada mais.

T XIS
Tem gente que os pais moram juntos, mas estão separados há séculos. Têm até namorados. E o cara finge alegria quando eles vêm à escola. É falsidade o nome disso? Hipocrisia também desafina o tom.

Lúcio não escondia sua raiva. Bastava um dos Cinco estar por perto e ele logo elevava a voz e falava sobre golpe contra as eleições do Grêmio. *Calúnias, só o que aqueles que não sabem concorrer honestamente sabem fazer: calúnias.*

Estavam os Cinco na casa do Juan. Foi ele mesmo quem os chamou. Disse que a história dos comentários do tal T XIS estava criando certa bagunça no colégio, podia até afetar o resultado das eleições do Grêmio.

– Pode ser coisa do Lúcio, então – disse Caio R.

– E como ele saberia algo que eu só partilhei com vocês? – A pergunta era da Lisa. E embora respondesse ao Caio R, seu olhar estava fixo em Tom. E ele entendia aquela dúvida, entendia. Todavia, estava começando a cansar de entender. A palavra veio à boca, mas ele não a proferiu. Sabia que naquele momento precisava manter a calma, pelo menos com os seus amigos.

Porém.

Porém, se desconfiança havia, era porque a amizade deles já estava mexida. Era certo. *Fica tranquilo*, foi o que Juan lhe sussurrou, talvez percebendo o olhar de Lisa, o desejo de resposta de Tom.

– Alguém pode ter ouvido nossa conversa – era o Caio R novamente a buscar explicação para o que Lisa julgava ser inexplicável: – De repente, o Lúcio mesmo. O post contra ele pode ser apenas despiste.

Lisa sorriu. Não havia, no entanto, alegria naquele sorriso.

– Se não é o Tom, é quem? Sobram vocês três.

Os amigos se olharam. Difícil serem os mesmos depois daquela reunião, todos sabiam.

E os posts – ora no Instagram, ora no Facebook – seguiam. Por vezes, falhavam um dia, o que causava comentários nos corredores, cochichos na sala de aula, e aqueles olhares em expectativa.

Deitado na cama – Tom não quis atender o celular quando Alice ligou e nem responder as tantas mensagens –, olhos no teto, fones nos ouvidos, tentava entender. Se o Caio R, que tanto sabia de computadores, não podia fornecer respostas, quem poderia? Negar já negara. Além da Alice e do Juan, os outros pareciam não acreditar em suas palavras. Nem quando se ergueu no meio da aula de Português, a professora nada entendendo, e gritou:

– Não sou eu. Não sou. Não sou.

A batida de porta atrás de si. Depois, os passos ligeiros a afastarem-no de tudo, de todos.

Juan correu atrás do amigo, mas quando saiu no corredor, já era tarde: Tom cruzava a porta, subia na bicicleta.

Quando Tom abriu a porta do quarto, Alice estava ali. Abraçaram-se. Ela era o que ele mais precisava. Mesmo sem saber.

– Bom que você veio – ele disse.

– Você não atendeu o celular, não respondeu as mensagens.

– Estou meio tonto com tudo isso.

– E ainda tem as eleições – ela disse.

– Ainda – ele falou, já descrente em sua vitória. – E se a Lisa me substituir?

Alice sentou-se na beira da cama; os olhos presos no rosto de Tom. A tristeza deixava o namorado mais bonito ainda, ela pensou.

– Você não acha melhor? – ele insistiu.

– Acho – ela respondeu.

Estava decidido, então. E, nem mesmo quando Juan cobrou dele tal decisão, Tom voltou atrás.

O mar de Torres estava verde.

A água do mar; o mar em si, sempre era momento para relaxar, para encontrar respostas para aquilo que parecia impossível. Foi assim quando os pais se separaram, foi assim quando o Max morreu, foi assim quando o Juan lhe disse o que se passava com ele.

O mar sob a prancha.

Depois o cansaço que virava corpo estendido na areia.

A areia, Alice, Nico e um pouco de sol.

– E como que está a história do tal T XIS?

Tom olhou para o cunhado, não disse nada, que nada havia para ser dito. Ficou ali, as costas em contato com o quente árido da areia, naquele hiato de calor em meio ao inverno.

Havia bastado eles terem aparecido na tevê para se tornarem o casal mais famoso do colégio. O reality *Matemática Jovem* fazendo com que seus rostos circulassem pelo Brasil inteiro. Até direito à participação em programa de televisão, eles tiveram. Tom e Alice se tornaram amigos. Daí a namorarem foi só uma questão de oportunidade: a festa dos quinze da Lisa.

A popularidade, no entanto, não resistia ao T XIS. Ele não dava trégua. Nem ele, nem os olhares acusatórios pelos quais Tom tinha que cruzar todos os dias. T XIS sempre ecoando em uma ou outra conversa que ele fingia não ouvir.

T XIS.

Tom Xavier.

Tudo era tão grosseiro, tão claro, ao mesmo tempo em que ele não conseguia compreender como que alguém que o conhecesse um pouquinho que fosse pudesse crer que ele se escondia atrás de um nome que, de certa forma, o denunciava.

Difícil crer.

Bem difícil.

Porém, aqueles olhares pareciam dizer a ele coisas sobre si, que ele mesmo desconhecia. Na verdade, pensou, diziam mais sobre os outros do que sobre ele mesmo. Nem tudo é o que parece: nem ele, nem os colegas da escola. Nem mesmo os Cinco.

T XIS
Um garoto mais uma garota nem sempre é dois, às vezes é três. A matemática não está muito certa. Matemática fora de tom.

Juan desceu correndo ao ver pela janela que Tom o esperava na calçada. Deu um tiau da porta para a mãe. Pegou a bicicleta, entrou no elevador; na cabeça uma série de frases para dizer ao amigo; frases que pudessem desmanchar aquela expressão triste-preocupada que havia se instalado no rosto de Tom. Saudade daquele sorriso sempre aberto, daqueles olhos sempre brilhantes. Todavia, todas as frases pareciam ser ruins, frases de filmes idiotas. Melhor, talvez, fosse o silêncio, um abraço.

Abriu a porta do prédio.

Tom ergueu os olhos do celular e, quando Juan se aproximou, o amigo lhe estendeu o telefone.

– O tal T XIS postou novo comentário. E acho que é sobre a gente.

Juan leu, disse que não havia nomes, que podia ser sobre qualquer colega do colégio.

– Sei – disse Tom. Pôs o celular no bolso da mochila, subiu na sua bicicleta: – Vamos – convidou.

Juan montou na bike, seguiu o amigo.

– E você se importa se estiverem falando da gente? – Os olhos na nuca de Tom.

Tom se voltou, sorriu:

– Nem um pouco.

Lisa:

– É certo que tem que descobrir quem é que está se divertindo às custas da gente. O que essa criatura tem na cabeça?

Caio R:

– Quer aparecer. Ou se vingar. Sei lá.

Juan:

– Quem está sendo atacado, de verdade, é o Tom.

Lisa:

– Mas os posts envolvem todo mundo.

Juan:

– Certo, mas e o nome que o tal fake escolheu. Pararam pra pensar? T XIS. Por que não Juan, ou Alice, ou Lúcio, ou Caio R, ou qualquer outro colega do colégio? Podia até usar o nome de algum professor. Ou de um vilão: Mulher-Gato, Magneto, Voldemort, Lex Luthor. Não, o nome do Tom é que foi escolhido, o dele. A palavra que se repete no final dos posts é sempre a mesma. Repararam? Tom, tom, tom.

Caio R:

– E por que tudo isso, afinal?

Juan:

– Ah, não sei. Isso é o que quero descobrir. Não aguento mais ver o Tom carregando uma culpa que não tem.

Era intervalo entre as aulas. A turma se dirigia para a sala de Espanhol, os três ficaram para trás por sugestão do Juan.

– Estou contigo – disse o Caio R.

– Eu também – falou Lisa – embora não tenha tanta certeza da inocência do Tom. Ele adora ser o centro das atenções.

Juan segurou o braço da amiga:

– Você pensa mesmo isso, Lisa? Acha possível o Tom estar enganando todo mundo?

– Ah, sei lá, Juan. Ando confusa. Mas o tal T XIS postou coisas que só a gente sabia. Só a gente.

Juan avançou. Caio R o seguiu com os olhos.

No dentro, somos sempre mais. Isso era o que pensava Tom ao observar os amigos no pátio. Um deles era o T XIS, era certo. E escondia em seu interior algo que o rosto não demonstrava. O quê? Seus motivos seriam maldade, deboche, tentativa de se mostrar, de aparecer? O que, afinal, movia aquela série de posts?

Nico abraçou a irmã, entendia a tristeza que a invadia e não queria que assim fosse. Ficava pensando o que poderia fazer para que a alegria retornasse ao rosto de Alice. Sabia o motivo: Tom. Não, ele não. Mas sim o tal T XIS. A solução parecia ser apenas essa: que a identidade de T XIS fosse descoberta. Só assim tudo poderia voltar ao normal em sua casa.

No entanto.

Ele via a tristeza do cunhado, amigo mais que cunhado. Amigo. E não gostava de vê-lo daquele jeito. E havia o Juan, sempre por perto, sempre a dar apoio à Alice e ao Tom. Eram parte dos Cinco, ele sabia.

Os Cinco.

Ele não era parte dos Cinco. Mas admirava demais aquela amizade, aquela cumplicidade que percebia entre a irmã e eles, entre eles todos.

Tom foi o último a sair do banho, toalha amarrada na cintura. Abriu a mochila para pegar suas roupas: todas haviam sido amarradas umas às outras. Nós apertados, fortes. Alguém resolvera fazer uma brincadeira boba, embora ele soubesse que não era tão boba assim: entendia o recado. Havia quem acreditasse que ele era o T XIS, ele.

Sentou-se no banco e começou a desamarrar as roupas. Ouviu que a porta abria. Nico o olhou e ele não precisou dizer nada para que o cunhado entendesse o que havia acontecido.

– Não está fácil – sorriu Tom.

O cunhado não disse nada, apenas sentou-se ao seu lado.

Era popular, Tom sabia. Antes mesmo de ele e Alice vencerem o tal reality. Tinha amigos bacanas, era convidado para todas as festas, passeios, enfim. Agora, os olhares enviesados, as conversas atravessadas ou os profundos silêncios o faziam perceber-se tão diferente do que julgava ser. A vontade era de não sair mais do quarto, era de jamais pôr novamente os pés naquele colégio, era de sumir sumir desaparecer sumir.

Todavia.

– Não fica assim – disse Nico.

Juan escreveu na última folha do caderno alguns nomes, algumas suspeitas: Caio R sabia tudo de computador; Lúcio e Sônia disputavam as eleições contra eles; Lisa insistia muito em pôr a culpa em Tom e assumiu seu lugar na chapa para o Grêmio. Releu os nomes, julgou todos os motivos um tanto forçados. Mas era o que tinha. Pelo menos naquele momento, era o que tinha.

Às vezes, acreditava que os tantos livros lidos da Agatha Christie e do Conan Doyle pudessem fazer nascer nele uma Miss Marple ou um Sherlock. Às vezes.

Nos livros, a vida parecia mais fácil.

Tom não estranhou, deveria estranhar, ele sabia. No entanto, olhou para a bicicleta com os pneus furados sem se surpreender. Quem resolvera criar T XIS instalou entre os colegas da escola o desejo de vingança, a hostilidade.

A vontade de Tom só crescia: sair daquele colégio, pedir transferência, ir para bem longe de tudo e de todos.

Caio R fechou o notebook quando Juan entrou na sala de aula. Olharam-se, nada disseram. Aquele clima de desconfiança já era comum entre eles. Os posts de T XIS há dois dias estavam em silêncio, nada de acusações, nada de postagens que atiçassem a discórdia.

Todavia.

– Fazendo? – perguntou Juan.

– Navegando um pouco – disse Caio R. Depois, meio como se precisasse explicar, completou: – Estava vendo se T XIS postou mais alguma coisa. Nada. E ainda tenho que fazer uma matéria nova pro jornal do Grêmio.

– Faz sobre o T XIS – disse Juan. Olhos nos olhos de Caio R. – Fala do quanto é cruel alguém atacar pessoas escondido atrás de um perfil fake.

Caio R baixou os olhos, murmurou que a ideia era boa, mas que tinha ainda que escrever a matéria sobre as propostas das duas chapas para a eleição do Grêmio Estudantil.

As roupas amarradas dentro de sua mochila.

Os pneus furados da bicicleta.

Algumas palavras na porta do banheiro a chamá-lo de traidor.

Tom ficou ali, parado: as letras meio tortas, em vermelho, a acusarem-no de algo que ele não era. As palavras em tinta vermelha o fizeram lembrar da história do Sherlock: letras escritas com sangue. Na altura dos olhos. Era na altura dos olhos, segundo o detetive inglês, que as pessoas costumavam escrever. Tom se pegou medindo a altura de T XIS.

Alice entrou correndo em casa. Havia deixado Tom e Juan esperando na frente do prédio. Queria apenas pegar o caderno que esquecera em casa. Nele, os apontamentos para o trabalho de Química. A sala estava vazia, sobre a mesa o notebook de Nico, aberto na página do T XIS. Ele também, pelo visto, pensou ela, preocupado com a identidade daquela criatura que tanto mal estava fazendo ao Tom e aos colegas.

Aproximou-se e, antes que o irmão surgisse na sala, leu o que ele havia digitado: *E há quem se ache injustiçado. Mas o que é a justiça afinal? É uns serem populares e outr*
A frase incompleta, o cursor aguardando continuidade, Nico a olhá-la da porta.

E ela entendeu.

Rapidamente, Alice entendeu.

Não era o irmão que a olhava, era T XIS.

As palavras do irmão a lhe pedirem desculpas, a pedirem que não contasse nada ao Tom, nem aos pais, nem a ninguém, que ele não faria mais, deletaria tudo, acabaria com aquilo de uma vez, não impediram as lágrimas no rosto da irmã e as palavras duras que lhe brotaram do peito.

– Por que você fez isso? – Ficaram os dois se olhando; o silêncio incomodava muito. Demais.

Nico baixou os olhos, respondeu:

– Eu queria ser tu. Simples assim.

Tom deu-lhe as costas. Levava consigo um tanto de raiva e de alívio. Alice e Juan o abraçaram na porta, sob o olhar seco de Nico.

O CULPADO

Sei que todo mundo deve estar estranhando o que fiz, mas jamais pensei que as coisas andariam como andaram. Nunca quis que desconfiassem do Tom, acusando-o, fazendo o que fizeram. Se usei a alcunha de T XIS, se fechava os posts com a palavra *tom*, foi mais como homenagem do que como ataque. Eu queria, mesmo que de faz de conta, ser um pouco o Tom. Ele é popular, um cara bacana, um cara que se veste de um jeito legal, um cara que conversa com todos e sobre qualquer coisa. Eu sempre quis ser como ele. Mas o que me sobrou foi ser seu cunhado, amigo dele, mas não o melhor, que este é o Juan. Aliás, eu nem era um dos Cinco. Mesmo estando por perto, jamais fui admitido no grupo. Talvez me achassem um babaca, um guri sem graça, só porque sou mais novo que eles, sei lá, vai se saber.

Na verdade, achei – e espero que vocês me entendam – que, se eu criasse um perfil fake falando das coisas que eu ouvia a Alice conversando com seus amigos ou que eu escutava por detrás das portas ou que eu espiava em suas mensagens de Whats, me divertiria um pouco, seria, mesmo sem que soubessem que era eu, um cara popular, tão popular quanto o Tom.

E fui. Fui sim. Fui muito. Ficava ouvindo os comentários a circularem pelas salas de aula, pelos corredores, pelo vestiário. Me senti poderoso. Senti que poderia ser o mais popular na escola. Foi bom. Muito bom. E o mais legal de tudo era que ninguém se importava de falar o que quisesse ao meu lado, minha presença nunca impediu confissões de intimidades. Eu era só o Nico, o cara que não faz diferença, o cara que é amigo, aquele que dá cola, que põe o nome daquela colega bonitinha que nada sabe de Física no trabalho de Física, aquela que nunca dá bola para caras como eu. A não ser que precise de seu nome em algum trabalho difícil.

Confesso que, quando vi que as coisas tomavam um rumo inesperado, pensei em parar com tudo. Fiquei até alguns dias sem escrever nada, sem postar nenhuma intriga, nada. Mas aí me dei conta de que não tinha como voltar atrás: ou eu confessava e livrava o Tom da suspeita, ou nada mudaria eu seguindo ou não com o T XIS. E ainda tinha a Alice, ela gosta dele. Eu, sem querer, estava machucando pessoas de quem gosto: minha irmã, o namorado dela, que era meu amigo também, e tanta gente. Quis parar várias vezes, quis dar um jeito de saberem que o Tom era inocente, mas e conseguia? Nada. Para poder inocentar o Tom, eu teria que revelar a identidade do T XIS. Mas era tão bom ser o T XIS. Tão bom. E eu ainda tinha muito receio de passar de invisível para odiado. E acho até que serei. Como ter de volta a confiança da minha irmã, seu carinho? Como poder trocar ideias com o Tom, como a gente sempre fazia? Como andar de cabeça erguida pelo colégio? Agora serei eu a ter as roupas amarradas, a bicicleta quebrada, as palavras na porta do banheiro. Tudo isso não me importa. O que me dói mesmo é o silêncio da minha irmã: primeiro foram aquelas palavras rudes, aquela expressão meio enojada e as palavras a dizerem da vergonha de me ter como irmão. Depois, o silêncio. O nada de palavras para mim. Nada, nada, nenhuma. Ah, isso dói, não vou mentir. Também não vou posar de herói e tal, do tipo que não está nem aí pra nada.

As eleições aconteceram, o Juan e a Lisa venceram. Pelo menos isso: não frustrei totalmente o plano dos Cinco.

Frustrei a mim mesmo, acho. E se escrevo isso, acho que é mais para mim mesmo do que pra vocês que devem estar lendo estas palavras no meu Instagram. A foto? Essa qualquer, de um tempo em que eu tinha lá meus motivos de alegrias. Tempo em que eu tinha uma irmã que falava palavras para mim. É bom que todos saibam o que aconteceu. É bom que o Tom não carregue nas costas a fama por algo que não foi ele quem fez. Fui eu, eu sou o T XIS. Só, confesso também, que pensando e pensando e pensando, não sei se me arrependo do que fiz. Não sei. Machuquei, intriguei, traí, fiz algo não bacana, eu sei. Mas e daí? Não tem um monte de gente que faz também? Se quiserem me condenar, condenem, como a Alice fez e sei eu lá mais quem. Se quiserem esquecer tudo isso e pensarem que foi só uma brincadeira de mau gosto, esqueçam, pensem, que eu não me importo mesmo.

Nico ou T XIS (como preferirem).

Biografia do autor

Nasci no dia 24 de dezembro, data que muita gente acredita ser especial, mágica. Não sei se por isso, acabei vivendo minha infância de forma muito imaginativa. Tudo virava brinquedo (mesmo um palito de picolé ou uma folha de árvore navegando na água da chuva); tudo virava história. Até porque minha mãe adorava me contar histórias e brincar com as palavras: quadrinhos, travalínguas, adivinhas, causos fantásticos, tudo isso fez parte de minha pré-história como leitor.

Assim, de tanto gostar das palavras (eu acredito que elas moram em mim), acabei querendo inventar minhas próprias aventuras e escrevê-las. Então, fui me tornando escritor. E escrever, penso, é mais legal ainda do que ler, pois, quando escrevo, posso inventar o que quiser. Ao virar a página, sempre acontecerá aquilo que eu achei mais legal ocorrer com os personagens que criei. Posso fazer alguém acordar de manhã e se descobrir sozinho em meio ao escuro, posso criar um adolescente que se apaixone por alguém que ele nunca viu, posso inventar a história de uma jovem que resolve escrever uma enorme carta sem saber quem a lerá, posso construir uma história de mistério repleta de acusações anônimas ou ainda contar uma vida a partir de pequenos e breves pedaços. As ideias surgem dos mais diferentes lugares: algumas viram histórias longas, outras se tornam poemas ou contos, como os cinco que fazem parte deste livro.

Sou casado com a Laine e temos duas filhas: a Helena e a Carolina. Moro em Porto Alegre desde que nasci. Sou professor, escritor e doutor em Literatura Brasileira. E uma das coisas de que mais gosto, além de ler e escrever, é perceber que meus livros podem ser pontes entre mim e quem me lê. Ou até mesmo entre os leitores e seus amigos, sua família, seus professores. Quem sabe possam ser caminho que leve os leitores para outro olhar sobre si mesmos. Quando isso acontece, sinto que meus textos ganham asas e saem voando por aí, feito leves borboletas ou feito rinocerontes alados.

Biografia do ilustrador

Nasci no ano de 1957, em Porto Alegre, onde vivo. Trabalho com livro desde os anos de 1970, sou ilustrador, capista, projetista gráfico e tenho centenas de livros publicados com a minha arte. Também sou editor e sócio-fundador da Edições BesouroBox. Fui presidente de 2014 a 2017 e, atualmente, exerço o cargo de vice-presidente da Câmara  Rio-Grandense do Livro, entidade que organiza e realiza a Feira do Livro de Porto Alegre, evento que tem quase 70 anos. Pelos trabalhos como capista, ilustrador e projetista gráfico recebi o Prêmio Henrique Bertasso, Prêmio O Sul/Correio do Povo e o Prêmio Destaque na 47ª e na 48ª Feira do Livro de Porto Alegre, em 2001 e 2002. Você, querido leitor, já percebeu que, para fazer um livro, o ilustrador tem um importante papel no processo criativo? É ele que transforma em imagem algumas cenas do livro, ou todo o livro, como ocorre com edições voltadas à infância. Muitos ilustradores são também responsáveis pelo projeto gráfico, ou seja, pela forma como o livro será estruturado. O projeto gráfico define onde entra o texto, onde entram as ilustrações, que tipo de letra será usada, entre outras demandas relacionadas ao objeto livro. Você nunca se sentiu atraído por uma capa de um livro? Pela forma como o livro foi organizado? Pois os responsáveis por pensar que imagens contribuirão com o texto e como o objeto livro será organizado são o ilustrador e o designer gráfico. Por vezes, estas duas funções são exercidas por uma mesma pessoa. É o que ocorre com a obra que você acabou de ler. Você sabia disso? Não só ilustrei os diferentes contos, como também pensei o projeto gráfico do livro, buscando dar unidade entre as imagens que ilustram as histórias e a capa do livro com os demais elementos gráficos. Que tal agora voltar às ilustrações para encontrar nelas os elementos dos contos que destaquei?

IMPRESSÃO:

Santa Maria - RS | Fone: (55) 3220.4500
www.graficapallotti.com.br